身代わり聖女は、
皇帝陛下の求婚にうなづかない

汐邑雛

B's-LOG BUNKO
ビーズログ文庫

イラスト／黒埼

Contents

身代わり聖女は、皇帝陛下の求婚にうなづかない

人物紹介

グレーシア＝ラドフィア

ラドフィア神聖皇国で最年少の
聖女。精霊の加護があり、
様々な御技《スキル》を持つ
実力者だがお金に弱い。

レクター・ラディール＝ヴィイ・フェイエール＝ヴォリュート

焔の精霊王の申し子と
言われる現皇帝。
グレーシアを見た瞬間、
興味を抱いたようで……!?

エリアス・イェール＝フィアリス

帝国の選帝侯フィアリス家の
代理人と名乗る男。
グレーシアを迎えに来るが、
秘密が多く……!?

ヴィヴィアーナ・リオーネ＝アルフェリア

幼いグレーシアを助けた
幽霊令嬢。元は帝国選帝侯家の
令嬢だったらしい。
グレーシアの強い味方。

プロローグ

覚えているのは赤。

視界一面を覆《おお》う凶暴《きょうぼう》なまでに美しい色——赤、緋《あか》、朱《あか》、紅《あか》、あか、アカ……揺《ゆ》らめく赤光《しゃっこう》がすべてを呑《の》み込もうとしていた。

(……ほのお……)

あらゆるものが焼かれ、あるいは灼《や》かれ、空気が——精霊《せいれい》達が悲鳴をあげているのが聴こえていた。

荒《あ》れ狂《くる》う焔《ほのお》——それは炎《ほのお》の精霊の乱舞《らんぶ》であり、灼かれ続けている風の精霊の断末魔《だんまつま》の……死の舞踏《ぶとう》だった。

吹《ふ》きつける熱風に肌《はだ》が灼かれるかのような錯覚《さっかく》を抱《いだ》き、呼吸するのすらままならない中、よろめきながら進んだ。

(……あし……いたい……)

ほんの十数歩先で物言わぬ人の塊《かたまり》が炎に巻かれ、さっきまで聞こえていたはずの誰《だれ》かの泣き声がいつの間にか聞こえなくなっている。

どれほど足に痛みを感じようとも、ここで立ち止まってはいけないことだけは理解していた。

何が起こっているのかはわからない。

でも、見たことないほどの数の精霊達が騒乱《そうらん》する様を見れば、幼心にもとてつもないことが起こっているのだと感じ取れた。

キィ――――ンという空を裂《さ》くかのような不協和音――――初めて聴いた音だったけれど、それが精霊達の叫《さけ》び声《ごえ》だというのも、自《おの》ずと理解していた。

不安で、怖《こわ》くて……でも、助けてくれる人はどこにもいない。

（だって………）

ここは知らない場所で、生ある人は自分以外誰もいない。

目の端《はし》に、少しでも自分を安全な場所に導こうとしている小さな精霊達が視《み》えた。

だから、無中で足を動かした――ここにいてはいけないのだと、皆《みな》が口々に叫ぶから、必死に火の粉が降り注ぐ中をよろめきながら走った。

「……あっ」

何かにつまずいて転び、転んだ先に見知らぬ人の亡骸《なきがら》を見つけて息を呑む。

身を起こしながらも背筋が震《ふる》えて止まらなくなり、涙《なみだ》がこぼれた。

（……たすけて……とうさま……かあさま……）

父と母を呼んでも無意味だと、頭の片隅《かたすみ》では理解していた。

両親を亡《な》くして季節は三回変わっている。未《いま》だ本洗礼を受ける年齢《ねんれい》には足らずとも、彼らがもうどこにもいないことを理解するには十分な時間が経《た》っていた。

すぐ近くに迫《せま》ってきた炎のせいで煤《すす》けてしまった小さな風の精霊が、早くここを離《はな》れようと言わんばかりに懸命《けんめい》に髪《かみ》を引っ張っている。

「……うん……」

震える足で立ち上がる。

（……たすけて、おとうさま……）

心の中で養父となった人を呼んでみたけれど、一度しか会ったことのない男の顔を思い出すことは難しかった。

代わりに思い浮かべたのは、義兄《あに》となった少年のことだ。

そっと左耳の耳飾《みみかざ》りに触《ふ》れる。義兄と一つずつ分けたそれは大切な御守《おまも》りだ。

（……おにいさま……）

聡明《そうめい》な義兄は、自分と同じ銀色の髪をしていて、年の離れた自分にも目を合わせて話してくれる優《やさ》しい人だ。

それだけではない。

一つ屋根の下で暮らしているのだから、と、できるだけ一緒《いっしょ》に食事をとってくれたし、よく遊んでもくれた。

（……たすけて……おにいさま……）

でも、義兄は今、遙《はる》か遠《とお》い帝都《ていと》にいる。応えてくれるはずもない。

（……おにいさま……）

涙がこぼれる。

自分が、この炎の中でただ独りであることを理解していた。

それでも、彼《か》の人を呼ばずにはいられなかった。そうやって義兄を呼んでいる間は、まだ足を進めることができる。

この焦土《しょうど》の中で自分が生を繋《つな》いでいるのは、精霊達の加護があること――そして、己《おのれ》がまだ諦《あきら》めていないからだった。

ぐいっと髪を強く引っ張られて足を止める。

焼けた建物の石壁《いしかべ》が音をたてて眼前《がんぜん》に落ちた。

「……っ‼」

その勢いと大きさに目を見張り、足が震えた。

あと一歩前に踏《ふ》み出《だ》していたら、きっとその下敷《したじ》きになっていただろう。

（もうやだ……たすけて……だれか……）

空気は熱で軋《きし》み、そこら中で炎が荒れ狂っている。

それは誰かの怒《いか》りだった。

憤怒《ふんぬ》――あるいは、激怒《げきど》。溢《あふ》れんばかりの怒りが充《み》ち、その怒りが死を呼んでいた。

（……どうして……）

どうしてこんなことになっているのかわからない。

でも、自分はこの怒りに呑み込まれてはいけないし、恐《おそ》ろしさに囚《とら》われてもいけなかった。

（わたしには、せいれいのかごがあるから……）

自分がこの怒りに呑み込まれれば、正気を保っている精霊達も荒れ狂うことになる。それはさらなる惨事《さんじ》のはじまりであり、今以上の死を呼び込んでしまうに違《ちが》いない。

踏みしめた足下《あしもと》が揺らぐ――地面が大きく揺れた。

（……っ！）

もうだめだ、と思ったのと、その声が耳に届いたのはほとんど同時だった。

『……ねえ、助けてあげましょうか？』

涼《すず》やかな声が聴こえた。

「助けてくれるの？」

その瞬間《しゅんかん》、折れかけた心が力を取《と》り戻《もど》した。

救いの手が差し伸べられたからというだけではない。

一人ではない、ということが、己の中に小さな光を灯《とも》したのだ。

『ええ、もちろんよ』

その答えとともに、ふわりと空気が揺らぐ。

炎の支配する空間が軋み、そこに、光が降り立った。

それは、まるで光の化身《けしん》のように……あるいは、光そのもののように見えた。

「……あなたは、だぁれ？」

夜の闇《やみ》の中、ゆるやかに波打つ金色の髪がこぼれる。炎の照り返しを受け、まるで光を発しているかのように見えるその姿……やや赤みを帯びた紫《むらさき》の瞳《ひとみ》が笑《え》んだ。

『契約《けいやく》しましょう。銀と蒼《あお》の――精霊王の加護を持つ姫《ひめ》』

精霊というにはその姿形はとてもはっきりしていて、とても人間に近かった。

（……でも、ひと、ではない）

「……あなたは、なに？」

『私？　……そうね、私は……たぶん、幽霊《ゆうれい》なんだと思うわ』

「ゆうれい？」

聞き慣れない単語を繰《く》り返《かえ》すと、『嘆《なげ》きの乙女《おとめ》』だと精霊が呟《つぶや》いた。

それは、清らかに生を終えたにもかかわらず、生前果たすことができなかった強い願いゆえに天に還《かえ》ることができない乙女達のことだ。

　よくわからないという表情をした私に、目の前のその人は軽く肩《かた》を竦《すく》めた。

『まあ、いいわ。……それよりも、さっさと契約をしましょう。………ここは危ないし、この火を鎮《しず》めなければならないわ』

「……けいやく？」

『ええ。………あなたには力がある。そして、私には知識が——界を超《こ》えた知識がある。私はあなたに私の知識を与《あた》えるわ——だから、あなたは私に力を貸して。そうすれば、きっとこの地獄《じごく》を終わらせられるから……』

「わたしに、できる……？」

『ええ………だって、あなたは[redacted]だから』

　肝心《かんじん》なところが聞こえない。

　でも、この炎を鎮めることが叶《かな》うのなら、きっと何でもできると思った。

『私の名は、ヴィヴィアーナよ。ヴィヴィアーナ・リオーネ＝アルフェリア。ビビと呼んで』

「わたしは………」

　自分にも呼ばれている名はあった。正式な真名もある。

　けれど、洗礼前の身では名乗ることができない——名乗ってはいけないと教えられているからだ。

ヴィヴィアーナは、しーっと唇《くちびる》の前に指を一本立てた。

『……わかっているわ。私はアルフェリアだと言ったでしょう』

わたしは、それが何を意味するのかを知っていた。

ああ、そうか……と、幼いながらも納得《なっとく》ができたのだ。

だから、誘《いざな》うように差《さ》し伸《の》べられたその手を拒《こば》まなかった。

半分透《す》けた真っ白な指先と、煤や土で汚《よご》れてしまった己の指先が触れる――本来ならば触れることなどできないはずの手がしっかりと重なった。

『……やっぱり』

何がやっぱりなのか告げぬままヴィヴィアーナは笑って、短い呪文《じゅもん》を唱える。

（……あ……）

ズルリと身体《からだ》の中身が引きずり出されるような不快感がこみあげた。

『ごめんなさい。幼いあなたには辛《つら》いかもしれないわ……』

言うのが遅いと思ったものの、言葉にすることはできなかった。今口を開けばきっと、嘔吐《おうと》してしまうだろう。

そうならないよう小さな身体をぎゅっと縮こまらせてしゃがみ込んだ――ぎゅうっと強く、すべてを裡《うち》に押し込めるように。

『ごめんなさい。あなたにばかり負担を強《し》いて…………でも、幽霊の私には魔力《まりょく》がほとんどないの。ごめんなさい』

彼女は、何度も繰り返し謝罪を口にする。

「…………いい」

この炎の世界が鎮まるのなら、我慢《がまん》できる。

「だから……はやく……」

この炎を消して、と言葉よりも雄弁《ゆうべん》に物を言う眼差《まなざ》しを向けた。

『……ええ。ええ、任せて』

一瞬《いっしゅん》、目を見開いて凍《こお》りついたように静止したヴィヴィアーナは、ぎこちなく何度もうなづいた。

そして、深呼吸を一つすると再び流れるように言葉を紡《つむ》ぎ出す。

（…………うた、なのかな）

その美しい響《ひび》きが周囲の空気を塗《ぬ》り替《か》えてゆくのがわかった。

不快感をこらえながら聞《き》き惚《ほ》れていると、まるで最後の仕上げをするように彼女は自由な方の手で空に幾《いく》つかの図形を描《えが》く。

次の瞬間、耳元で叫ぶような精霊達の悲鳴がして顔をあげ…………頭上からものすごい勢いで降り注ぐ炎が目に入った。身体が凍りつく。

『……大丈夫《だいじょうぶ》よ。目を瞑《つぶ》っていて』

素直《すなお》にその言葉に従って目を閉じると、ポツリと冷たいものが頬《ほお》に落ちる。

（……みず？　……ちがう、あめだ……）

次から次へと落ちてくる水滴《すいてき》……それは天から降り注ぐ恵《めぐ》みの雨だった。

大粒《おおつぶ》の雨が、ものすごい勢いで落ちてくる。

（……つめたい）

それを気持ちよいと感じていたら、ふわりと抱《だ》き上げられるようにして身体が浮《う》かんだ。

ひどく心許《こころもと》ないその感覚が、その夜の最後の記憶《きおく》となった。

《第一章》私と幽霊と宰相閣下

カラコロと軽快な音をたてて馬車は走る。

私の知る限り最上級に素晴《すば》らしい馬車で、随分《ずいぶん》と居住性にも配慮《はいりょ》されている。

車内はやたらと広く空間がとられていて、クッションもフカフカだったけれど、乗り慣れていないせいで、ただ座っているだけのことが私にとっては難行苦行にしかならない。

だから、どれほど車内環境が整っていたとしても、あまり意味がなかった。

そのうえ、ほとんど知らない人と同乗しているのだ。しかも相手にこちらと交流しようとする様子がまったくない。

（……気が重いです）

本でも読めるのなら多少の暇《ひま》も潰《つぶ》れるかもしれないが、馬車特有の振動の中でそんなことをしようものなら酔《よ》うことは間違《まちが》いなく、ただひたすら揺《ゆ》れに耐《た》えて目的地に到着《とうちゃく》するのを待つしかない。

（……うぅっ、もう帰りたいよぅ……）

聖都ラ・メリアの大聖堂を出て今日で四日目。
沈黙したまま馬車に揺られているだけの私は、すでに帰りたくて仕方がなくなっていた。

事のはじまりはたぶん、私――グレーシア＝ラドフィアの導師であるファドラ法皇猊下《げいか》が、三年前の冷害でひどい被害《ひがい》を受けた東のベネゼラという国に手厚い支援《しえん》を行ったことだった。

遊牧の国であるベネゼラには強い王権というものがなく、氏族単位でしかまとまっていない。そんな国で起こった冷害は、そのまま何もしなければわずかに残った資源を奪《うば》い合《あ》い、間違いなく戦乱を呼んだことだろう。

だから、猊下のなさったことは……我々、ラドフィア聖教団が中心となって、ベネゼラの国中に支援網《しえんもう》を敷《し》いたことは間違いではなかった。

聖職者の派遣《はけん》にはじまり、食糧《しょくりょう》支援に孤児院《こじいん》の建設等々……歴代随一《ずいいち》慈悲深《じひぶか》いと言われている法皇猊下は、支援を中途半端《ちゅうとはんぱ》に終わらせることができなかった。

ご自分の年金を担保にいれ、前年の国家歳費《さいひ》の余剰分《よじょうぶん》をすべて突っ込み、さらには当年度の歳費に手をつけ、挙げ句の果てには相応の担保を必要とする融資《ゆうし》までとりつけての支援を行ったのだ。

（結果として、ベネゼラをはじめとする東部諸国では多くの人命が救われたし、そのおかげでラドフィア聖教が広く信じられるようになって、各国の民《たみ》の心づくしの聖堂も建設されました……素晴らしいことです）

父なるラドフィア神の眠《ねむ》りを守るためにはできるだけ多くの人々の祈《いの》りが必要だ。世界各地に聖堂を建て、教えを広めることが私達の聖なる業《ごう》であるからして、それは誇れる成果と捉《とら》えていいだろう。

が、それと同時に、我がラドフィア神聖皇国には恐ろしいものが残された。

そのままにしておけばどんどん膨《ふく》れ上《あ》がっていくだろう恐ろしいもの――巨額《きょがく》の借金である。

元々、ラドフィア皇国はそれほど富裕《ふゆう》な国家ではない。

領土の狭《せま》さからすれば驚《おどろ》くほど巨額の税収はあるけれど、出ていく分がそれにも増して多い――よって収支は常にマイナスでちょっと気を抜《ぬ》くとすぐに借金が膨れ上がる貧《びん》乏《ぼう》国家だ。

その借金をせっせと減らしているのが、ラドフィアの聖職者による『人材派遣』という名の出稼《でかせ》ぎ収入だった。

・皇国では、治癒術《ちゆじゅつ》をはじめとしたさまざまな御技《スキル》を持つ聖職者を各国に貸し出すことによって巨額の外貨を獲得《かくとく》し、その外貨でもって借金の穴埋《あなう》めをしている。
私は、生来珍《めずら》しい御技《スキル》を持つこと、驚くほど魔力量《まりょくりょう》があることから、特別な例外として成人前からたびたびこの『人材派遣』のお仕事に従事していた。

そして、今回の『人材派遣』のお仕事は、私の所属する聖都の大聖堂では問題案件として去年から話題になっていたものだった。

何と言っても求められている条件がうんざりするほど多く、かつ注文が細かい。

しかも派遣先の相手に問題がたっぷりあり、最初からものすごく胡散臭《うさんくさ》くて、面倒《めんどう》そうという怪《あや》しさ三連発みたいな案件だったのだ。

（それでも引き受けたのは、ほんっともうギリギリだからなんですよ！）

何がギリギリか――――借金返済の期日である。

来月末に三十億ベセル……………皇国の国家予算のおよそ一ヶ月分にあたる金額を用意できなければ、聖都の大聖堂が差し押さえられてしまうのである。

それくらいなら何とかなるのでは？　と思われるかもしれないけれど、予備費があることが珍しい貧乏国家において、三十億ベセルなどという大金は簡単にどうにかなるような金額ではない。そもそもどうにかなるなら借金などするわけがないのだ。

期日までに用意できる予定がたっているのは二十億ベセル。

残りの十億ベセルはどれだけ頑張《がんば》っても調達の目処《めど》が立っていない――教団の財務省の人達が、青息吐息《あおいきといき》の生ける屍《しかばね》もどきになりながらあちらこちらで売れる物がないかと検討を繰《く》り返《かえ》していたけれど、ない袖《そで》は振《ふ》れない。

いったい全体どこの大馬鹿がよりにもよってこの聖都の大聖堂を担保に差し入れたのかといえば、これが何を隠《かく》そう我らが慈悲深き法皇猊下その人なのである。

だから、周囲は何も言えない――誰《だれ》でも一度や二度、下手したら三度や四度くらいは、自分の管轄《かんかつ》の聖堂を担保にしたことがあるからだ。

(だからって、総本山の大聖堂を担保にするとかありえないんですけど‼)

歴代最高の治癒術を誇《ほこ》ると言われる法皇猊下だけど！　私には最高に優《やさ》しくて甘いおじいちゃんなんだけど！　金銭感覚がガバガバなところが玉に瑕《きず》なのである。

根っからの聖職者気質で楽天家でもある猊下は、いよいよとなったら、皆《みな》で祈れば父なる神《ラドフィア》が何とかしてくれると思っている。

でも私は知っている――祈るだけではお金は降ってこないし、こんなことくらいでは眠れる神は助けてくれない。

だから、自らのこの手でしっかりと稼《かせ》ぎ出《だ》さなければならないのだ。

ガタンと大きく馬車が揺れ、私の軽い身体《からだ》が椅子《いす》の上で跳《は》ねた。

大きく揺れるたびにこれなので、地味に体力が削《けず》られていくのが辛《つら》い。

こらえるようにして座り姿勢を保ちながら、私は素朴《そぼく》な疑問に首を傾《かし》げた。

（………なんで、馬車移動なのかしら？）

私のようなラドフィア聖教団の聖職者にとって長距離《ちょうきょり》の移動は――少なくとも都市をまたぐような移動は『転移門』で行われる。

ラドフィア聖教の聖堂に必ずある『転移門』は、大陸中にある聖堂を結ぶ転移魔法交通《まほうこうつう》網《もう》を形成している。

一部地域を除いては当たり前のように使われている重要な長距離移動手段の一つで、聖職者はこの門での移動が当たり前になっている。

一般《いっぱん》の人が利用するにはそれなりのお金がかかるけれど、聖職者や信者には割引があるし、そもそも目の前に座るこの男性にとっては、門の使用料金などたいした金額ではないだろう。

（だって、『私』を借り出すために三億ベセルも払《はら》うんだから……）

つい先日、めでたく一つ階位が上がったばかりの私の『派遣料』はおそろしく高値だ。

私はかなり稀少《きしょう》な御技《スキル》持ちなので、階位が上の枢機卿《すうききょう》や大司教達よりも高額なのだ。

でも、それであったとしても、三億ベセルというのは破格である。

今回は、何としてでもラドフィアの聖職者の派遣を願わんとする先方が、なかなか良い返事を得られないことに業《ごう》を煮《に》やし、『基本報酬《ほうしゅう》を三億ベセル。別条件の追加報酬有り。現地で予測外の仕事が発生した場合は、都度追加で特別報酬を支払《しはら》う』という破格の条件を提示してきた。

——それが、だいたい一ヶ月前。

で、財務省の担当官達が死にそうな顔で私の前で土下座して経緯《けいい》を説明したのが二週間前だ。

というのも、皇国に数多《あまた》の聖職者あれど、先方の条件に当てはまる該当者《がいとうしゃ》が私しかいなかったのだ。

もちろん、私に断るという選択肢《せんたくし》は最初からなかった。

(だって、この仕事を引き受ければ、期日までに借金を返済できる目処が立つかもしれないんだもの)

引き受けるという返事をしてからの諸決定は驚くほど早くて、あっという間に派遣日も派遣期間も決まり、しかも迎《むか》えの馬車まで差し向けられるという状況《じょうきょう》に逆に不安を覚えた。

しかも、迎えに来るのと引《ひ》き換《か》えに基本報酬の三億ベセルを金の延べ棒でもって運び込んでくるに至っては、絶対に逃《に》がさない！　という先方の強い意志を感じた。

素晴らしい気前の良さ！　と皆は喜んでいたけれど、逆に私の気持ちはだだ下がりした。

派遣期間は一ヶ月。たった一ヶ月に三億ベセルである――そんな高値をつけられて何をさせられるのか……しかも、護衛を連れて行けないことに対してふっかけた追加報酬までもあっさり了解《りょうかい》されてしまうに至り、これはもう絶対に何か裏があるはずだと考えずにはいられなかった。

なのに、その問題の派遣先となるヴォリュート帝国《ていこく》の帝都《ていと》までは、わざわざ五日もかけて馬車で移動するというのだから、私が解《げ》せない気持ちになったのはわかってもらえるはずだ。

だって、一ヶ月で三億ベセルということは、一日一千万ベセルの日給が発生するということだ。つまり、馬車で移動するだけで五千万ベセルが消える。

これは日給の無駄遣《むだづか》いでは？

だって、五千万ベセルといえば、小さな聖堂が一つ建立《こんりゅう》できてしまうほどの金額だ。

それが、馬車に乗っているだけで消費されてしまう。

（いや、私の場合は考えを逆転させるべきです――馬車に乗っているだけで五千万べ

セルを稼ぎ出したと思えばいいんです）

そうは思うもののいまいち割り切れない。

（本当になぁ……。どうしたらいいのか……）

私は真向かいに座る男性をヴェール越《ご》しに観察する。

年齢《ねんれい》はたぶん二十代後半から三十代前半くらい。

光の加減で青みがかって見える灰銀の髪《かみ》は、目を凝《こ》らすとうっすら光を放っている。魔力が滲《にじ》み出《で》ているのだ。

（ヴェール越しなのにこうやって視《み》えるくらいの魔力があるってことは、これまでの経験からすると、貴族かそれに準ずる身分だということです）

指先も綺麗《きれい》だし、身のこなしもとても洗練されているので、それなりの身分なのだというのはすぐにわかった。

細い銀縁《ぎんぶち》の眼鏡が、彼の整った容貌《ようぼう》に冷ややかな印象を与《あた》えているのだけど、実際に彼はあんまり優しい人ではなかった。

（っていうか、私のような小娘《こむすめ》を相手にするつもりはない！　的な感じなんですよね）

馬車に揺られすぎて何となく忘れかけていた怒《いか》りがこみあげる。

思い出すとちょっと腹立たしいことに、目の前のこの人は私を迎えに来たというのに、当事者である私は眼中になく上の人とばかり話していた。

そのせいで私の機嫌《きげん》がやや下降していたことを、上の人――私の直属の上役であるフォルリ枢機卿や法皇猊下らはとっても気にしていたと思う。

でも、つい一週間前に十五歳で成人したばかりの私は、子供扱《こどもあつか》いでご機嫌取りをされるのが嫌《いや》なお年頃《としごろ》なので、それを笑顔《えがお》で黙殺《もくさつ》してこの馬車に乗り込んだのだ。

当人に直接話を聞こうと思って声をかけたら、仕事が立て込んでいるのでそれが一段落するまでは静かにしていてほしいと一方的に宣言され、おかげでモヤモヤしたまま今日でもう四日目である。

（契約《けいやく》書類によれば今回のお仕事は、身体の弱い選帝侯家《せんていこうけ》のご令嬢《れいじょう》の付《つ》き添《そ》い兼治癒術《けんちゆじゅつ》師《し》ってことみたいですけど、絶対に嘘《うそ》ですね‼　仮にも借り受けた仕事仲間を馬車の中で放置してまでこんな風に忙《いそが》しくしている人は、そんなことのためにわざわざ馬車を出してお迎えに来たりしません！）

そこまで時間がないなら、馬車なんかじゃなく転移門を使えばいいのに！　と考えるのも無理はないと思う。

（裏を返せば、当事者に説明する時間すら惜《お》しんで仕事をしているにもかかわらず、馬車で移動しないといけない理由があるってことなんですよね！）

その理由に心当たりが……なくはない。

私は、熟読しすぎて覚えてしまった今回の派遣契約書の写しの文面を頭の中に呼び起こした。

（目の前のこの人は、皇国の隣《となり》に位置するヴォリュート帝国の大貴族フィアリス選帝侯の代理人——そして今回の依頼者《いらいしゃ》は、フィアリス選帝侯家）

皇国の人材派遣契約は、基本的には個人との契約を認めない。

なので、目の前の彼は、彼の主家であるフィアリス選帝侯家の代理人として契約を結んでいる。彼個人がどうにかなったとしても、あるいは選帝侯が代替《だいが》わりをしても、その負《ふ》債《さい》は選帝侯家が負うことになっている安心安全な契約だ。

（そもそも、ラドフィアには契約の神としての側面がありますから、皇国との契約は絶対に破棄《はき》できないんですけど………）

フィアリス選帝侯家の現当主は、ヴォリュート帝国の宰相《さいしょう》の地位に在《あ》る。

当代の皇帝《こうてい》陛下の即位《そくい》の際に並々ならぬ助力をし、「宰相なくば、陛下の即位はなかったに違《ちが》いない」とまで言われているのだ。皇帝と宰相の間柄《あいだがら》は刎頸《ふんけい》の交《まじ》わりであるとされ、唯一無二《ゆいいつむに》の莫逆《ばくぎゃく》の友であるとも言われている。

私の目の前にいるこの人は、その帝国屈指《くっし》の大貴族の当主が代理人に指名するほど信任の厚い人物だということになる。

（さて………）

皇国と違い、帝国において魔法や魔術《まじゅつ》で転移することは一般的ではない。

中でも、ほぼ絶対的に転移門を使わない種類の人達がいる。

(――転移門を使わなくても自分の魔法で移動が可能とされる貴族)

血が薄《うす》れたと言われる現代、帝国において魔法による移動ができるほどの魔力を持つのは限られた大貴族のみとされている。

魔法が貴族を貴族たらしめているとされる帝国なればこそ、転移門を使うというのは、それができるだけの魔力がないと見なされてしまうらしい。

(魔力は血に因《よ》るっていうのが通説ですからね。………ただ、代理人でも、選帝侯家の格式っていうものを守らなければいけないのかが疑問なんだけど?)

うすうす推測できることはあるけれど、断言するにはまだ早い。

(………でも、そろそろちゃんとしたお仕事の説明をしてもらわないと困るんですよね)

詳細《しょうさい》については直接馬車で説明する、と猊下に言っていたのはこの人自身なのだ。

(説明なしでいきなりお仕事をするなんて無理だし、忙しさを言い訳になし崩《くず》しで仕事に入るなんてのもありえない――というか、これから一緒にお仕事するにあたって、こういうのは良くない傾向《けいこう》なのでは?)

小さなつまずきが、大きな失敗の原因になるなんていうのはよく聞く話だ。

(報告・連絡《れんらく》・相談は円滑《えんかつ》なお仕事の基本ですが、今の状態はそれ以前の問題だと思うんですよね)

しかも、元々このお仕事はちょっと訳ありっぽいのだ。

(今回のお仕事、私は絶対に失敗するわけにはいかないんです)

だって大聖堂がかかっているのだ。

(仮にもラドフィアの総本山の大聖堂ですよ？　たかが三十億ベセルで差し押さえなんてありえません！)

三十億ベセルという金額は確かに大金だ。普通《ふつう》の聖職者では一生かかっても稼ぎ出せるものではない。

だからといって、ラドフィアの総本山の大聖堂の価格というにはあまりにも安すぎる。

(本当は、値段なんかつけたらいけない場所なんですよ‼)

余所《よそ》の国で言うのならば、王宮にも等しい場所である。そんな場所が三十億で他者の手に渡《わた》るなんて、あっていいわけがない。

もちろん、大聖堂だけ手に入れてもどうにかなるものではない。けれど………たまたま金主である大商人を知っているのだけれど、あのタコじじいなら大聖堂を解体して売り飛ばすくらいのことはする。

(あるいは………目的は転移門かもしれません)

タコじじいの転移の時に何度か担当官になったことがあるので、転移門の仕組みや、転移交通網に彼が興味津々《きょうみしんしん》だったのを覚えている。

（何にせよ、この仕事で成功を収めて……追加報酬を積み上げて大聖堂を取《と》り戻《もど》すんです！）

財務省の担当官達には泣いて頼《たの》まれた――もう他に手はないのだと。

ほとんどの高位聖職者の年金はとっくに担保に差し入れられている。

（あと、七億――確定している追加報酬を除けば、残り六億）

私は、白い手袋《てぶくろ》に覆《おお》われた自分の手を見た。

やっと成人したばかりの……小さな手だ。

震《ふる》える手をぎゅうっと握《にぎ》りしめる――でも、止まらないのだ。

（……怖《こわ》い）

ぐっと奥歯《おくば》を噛《か》みしめる。

本当は、怖くて怖くてしょうがないのだ。

（本来、こんな依頼はありえないんだから…………）

泣きたいような気分だった。

記念すべき成人して初めての仕事なのに、どう考えても裏のある特殊《とくしゅ》案件で単独派遣。

さらには絶対に失敗できない超《ちょう》高額任務だ。

（……それを、私一人でやりとげなければならないなんて……）

金額的なことを言っても、特殊性から言っても、教団あげての支援体制がとられるような案件だ。

にもかかわらず、依頼元の都合から極秘《ごくひ》に進めなければならず、さらには絶対に単独派遣でなければいけない……私の階位だったら必ず付き添うはずの護衛の同行すら許されなかった。

もちろん、その分はぼったくりではないかと思うくらい追加報酬を割り増ししたのだけど……それを理由にあちらが譲歩《じょうほ》してくることを願っていたのに、それすらも仕事が終わった後に満額支払うと確約されていて、これでもかというくらいに逃げ道が塞《ふさ》がれている。

（私にできるのかな？）

ついそんな風に考えてしまう。

できないなんて思いたくないけれど、でも、懸《か》けられているものが重すぎる。

（ううん、グレーシア。できるかどうかじゃなくて、やらなければならないんです！）

震えを止めるようにぐっと力強く指を握り込み、自分に言い聞かせた。

やらなければいけないのなら、今、何をすべきか………。

（できるだけ入念な準備をすること。……そして、失敗する芽をできるだけ摘《つ》み取っておくこと）

だとすれば、今やれることは一つだ。

（これは、折を見て、ちゃんとお話し合いをしなければいけません）

『お話し合い』――『対話』は、ラドフィア聖教の根幹をなす思想である。

『対話』によって、ラドフィア神の眠り続けるこの世界を守るというのが、我がラドフィア聖堂の究極的な役割だ。

（私、『対話』はわりと得意なんです！）

裏で『言いくるめ術』と言われている『交渉術《こうしょうじゅつ》』の成績は、優・良・可で言えば良だったので、大得意というわけではないけれど、対話というのは何も言葉だけでするものではない。

（いざという時に切れる切り札があれば何とかなります！）

『対話』に物理とか腕力というルビを振る人がいるけれど、か弱い少女である私はそっち方面は全然なので、代わりに得意な魔法や魔術を『対話』の切り札としている。

それはちょっと違うのでは？　という疑問が呈《てい》されることもあるけれど、大らかで寛容《かんよう》なラドフィア神は、ちょっと威力《いりょく》割り増しでご披露《ひろう》させていただく派手な魔術くらいでは、目を瞑《つぶ》ったままでいてくださるので、たぶん問題はない。

『なぁに、グレス。その男に見惚《みほ》れているの？』

からかうような笑いを含《ふく》んだ、柔《やわ》らかな声が私の名を呼んだ。

グレス——グレーシアというのが、私の洗礼名だ。

見惚れているのではなく、目の前の相手と『お話し合い』の機会をうかがっていた私は、ヴェールの陰《かげ》で小さく首を振った。

私が頭から顔に纏《まと》っているこのヴェールは、聖職者に必須《ひっす》の装備だ。決して人前ではとらないことになっている。

ふわりと唐突《とうとつ》に、その場に金色の輝《かがや》きが現れ出《い》でた——緩《ゆる》やかな波を描《えが》くとろけるような金の髪が目の前で揺れる。

驚くほどの至近距離《きょり》で面白《おもしろ》そうに笑っているのは、まるで宗教画に女神《めがみ》として描かれていそうな容姿の女性だ。

ふわふわと浮《う》いていて半透明《はんとうめい》の……自称《じしょう》、目を見張る絶世の美貌《びぼう》の持ち主で完璧《かんぺき》な淑《しゅく》女《じょ》……だというこの女性は、私に取《と》り憑《つ》いている幽霊《ゆうれい》のヴィヴィアーナ——ビビである。

生前、帝国貴族の頂点たる九つの選帝侯家の一つの直系のご令嬢だったというビビは、驚くほど博識で世間に通じている。下手をしたら、れっきとした生者である私よりもよほど情報通だ。

『幽霊』という呼称《こしょう》は、現世に未練のある死者のことだと教えてくれたのもビビだ。

ビビはどうしても叶《かな》えたい願いがあるために、ラドフィア聖教で言うところの天の国

——死後の世界へ行くことができずにいて、私と出会うまでずっと魂《たましい》の状態で彷徨《さまよ》っていたのだという。

現在、十五歳の私より四、五歳くらい年上で、魔法にとても長《た》けているビビは、出会った十年前と寸分違《たが》わぬ姿で今も私の傍《かたわ》らにいる。

『まあ、彼、見た目は悪くないみたいだけど』

（…………そういう興味はないし！）

私が否定の意味で首を横に振ると、ビビがニヤリと笑う——納得《なっとく》していない顔だ。

（…………選帝侯の代理人だっていうけど、ビビ、知ってる？）

『知らないわ。今のフィアリスは私の知るフィアリスではないから…………』

（…………ふぅん）

（じゃあ、皇帝陛下のことは？　知っていますか？）

「全然。……大聖堂で聖職者達が噂していたくらいのことしか知らないわ」

幽霊のビビが私よりずっと情報通なのは、大聖堂のあっちこっちをお散歩したりしている時にいろいろな噂を仕入れるからだ。

（それでいいです。教えてください、ビビ。どんな人なのかしら？）

「んー、まず、帝国最強の武人」

（皇帝陛下本人が？）

「ええ、そうよ。っていうか、帝国はね、実力主義の国よ。最も強い者が皇帝冠をかぶるって決まってるの」

ビビは実力主義って言うけれど、正確には『血統を重んじる実力主義』だ。だって、帝国の要職に平民がついたことはないから。

でも、わずかでも貴族の血があれば、後は実力次第ということでもある。

何代か前のどこかの選帝侯家の傍流《ぼうりゅう》に、『不世出の』なんて言われるほどの大魔法師が生まれた結果、傍流のその血統がその選帝侯家の本流になってしまったという話があるので、実力主義というのは嘘ではない。

（最も強い者をどうやって選ぶんですか？）

「決闘よ」

ビビはきっぱりと言い切った。

（決闘？）

え？　と私は思った。古式ゆかしいというか、今時、決闘なんてあるんだ？　と思ってしまったほどだ。

「そう。…………代理人も認められているけれどね。基本的には皇帝候補者本人が聖域で決闘をして、その勝者が帝座につくの」

（…………さすが、修羅《しゅら》の国ですね）

「まあね～。何かと決闘で決めるようなとこはあるわね。…………で、今の皇帝陛下が皇帝になったのは、だいたい八年前って話よ。当時、あまりの強さに死ぬまで帝座に在《あ》るだろうって言われていた暴帝を倒しての即位だったんですって」

（暴帝はちょっとだけ知っていますよ。前の猊下がそりゃあ嫌っていましたから！　私達、子守歌代わりに暴帝がどんなに酷い皇帝だったか聞かされていました）

「それ、最悪の幼児教育だと思ったわよ」

ビビが眉を顰《ひそ》めた。

（え？　わかりやすいじゃないですか。……最悪の見本を出して、最後におまえたちはそんな人間になってはいけないよっていうオチがつくんです）

「オチじゃないでしょ、それ」

（じゃあ、教訓？）

「まあ、教訓って言えば教訓よね」

ビビはふぅと溜め息をつく。

（それで？　その暴帝に勝ったから最強ってことなんですよね？）

「ええ、そうよ。…………帝国は暴帝に貪《むさぼ》られて、滅亡を待つばかりだった…………今の皇帝陛下は暴帝を倒し、揺らいでいた国の基盤をしっかりと支え、財政を立て直した。短期間でここまで立て直したんだから相当有能だと思うわよ——まあ、皇帝陛下本人は徹底的に武人で、そのあたりは宰相閣下の仕込みらしいけど。……そういう宰相を選んだ皇帝の慧眼《けいがん》よね」

（そーゆーのだけじゃなくて、もっと私的なこぼれ話とかないんですか？　一目で見分けられるような特徴とか………）

「顔は悪くないみたいだけど、あなたはそういうのわからないわよね。女性人気はあんまりないみたいよ」

（どうしてですか？　帝国の最高権力者ですよ？）

「さあ？　でも、武人はあんまり好かれないものでしょう？　あの暴帝を打ち破ったから余計に恐れられているみたいだし………」

（弱いよりずっといいと思いますよ。最高権力者が弱いのは罪だと思います。私はそういうの、嫌いじゃないです）

「へーえ、グレスは皇帝陛下みたいなのが好みか〜〜」

ビビが揶揄《からか》うような笑みを浮かべる。

（そういうんじゃないんですってば）

「へーえ」

ニマニマ笑うビビは、噂好きなおばさん達みたいだった。

私は聖職者なので異性に興味はないし、縁《えん》もないのに、ビビは自分が惚《ほ》れた腫《は》れたの恋《れん》愛《あい》の話が大好きなので、すぐそっちの方向に話を持っていこうとする。

(そこだけが、ビビの困ったところだと思う)


私とビビは、いわば運命共同体だ。

十年前、まだ幼児だった私は、ラドフィア神聖皇国とヴォリュート帝国の国境沿いのパスパという都市で騒乱《そうらん》に巻き込まれた。

ヴォリュート帝国の帝位《ていい》選定選に端《たん》を発すると思われる……証拠《しょうこ》が何もないため、原因は未《いま》だ明らかにされていない……この騒乱では、正確な数がわからないほどの行方《ゆくえ》不明者と死者が出た。

私は、その行方不明者の一人だ。

ここにいるんだから行方不明ではないのでは？　と思うかもしれないが、私はあの騒乱の夜の衝撃《しょうげき》で、覚えていたはずの家名や自分の名前を忘れてしまった。

洗礼前だったから無理もないけれど、そのせいで帰る家がわからない。自分の名前もわからない――当然、家族のことも何もわからないという、わからないことづくしの孤《こ》児《じ》になってしまった。

ぼんやりと何か思い出せそうなことがあったり、あ、これ知ってるって思うこともあったりするけれど、肝心要《かんじんかなめ》の身元に繋《つな》がるようなはっきりとした記憶《きおく》が甦《よみがえ》ったことはない。

当時の推定年齢は、五歳。

その時に私はビビと契約を結んだのだという。

ビビに助けられた幼い私は、ラドフィア神聖皇国の大聖堂付きの孤児院に入った。

以来、生者と死者の境を越《こ》えて、私とビビは相棒のごとく共に歩むこととなる。どういうわけか、離《はな》れられなくなってしまったからだ。

ビビ曰《いわ》く、『憑依状態《ひょうい》』というやつらしい。

国境沿いで皇国に行くことを選んだのはビビで、契約の代償に魔力を引き出したせいで、高熱を発して意識を失った私の治療《ちりょう》のことを考えると、他の選択肢はなかったという。

怪我《けが》の功名《こうみょう》というわけではないけれど、皇国で良かったと思う。

後に知ったことだけど、皇国と帝国では孤児への支援の手厚さがまるで違う。しかも、その後の選択肢の自由度も段違《だんちが》いだった。

その後、私は最低年齢である七歳の時に修道の誓《ちか》いを立てて聖職者となった。

聖職者にとって最も大切なのは、修道の誓いを立てる際の導師だ。導師は、教団における父であり母となる――その絆《きずな》は一生のものだ。

私の導師は、当時まだ大司教だった法皇猊下だ。

これは、私が精霊《せいれい》の加護を持つために、同じく精霊の加護を持つ猊下でないと正しく導けない……万が一暴走した時に他に止められる者がいない……と当時の上層部が考えたためである。

幼い私は、今に至るまでどれだけビビに助けられたかわからない。

ビビは帝国最高レベルの……選帝侯家のご令嬢の持つ教養や知識を私に惜しみなく与えてくれたし、幽霊である身を活用していろいろな情報を収集してくれ、私はそれを活《い》かして予測しうる危険から逃《のが》れたり、前もって必要なことを学んだりもした。

結果、私はやっと十五歳になったばかりだけど、複数の能力や御技《スキル》を有し、『司教』という高位にある。

この時点ですでに私はとても運が良かったと思うし、今の私の階位を考えたら帝国ではなく皇国を選んだ選択《せんたく》はすごく正しかったと思う。皇国に連れてきてくれたビビには感謝しかない。

（なのに、なぜかビビは私に罪悪感を覚えているみたいなんですよね………）

私は、頑張ってなった今の自分にとっても満足しているのに、ビビは私の祭服姿を見るたびに微妙《びみょう》な表情になる。

（でもあの夜、ビビと出会わなければ、私は今の私になっていなかった……）

というか、生命があったかどうかも怪しい。

だから、あの運命の夜にビビと出会えたことを私は心の底から感謝している。

『善きものを与えられたら、それに見合う善きものを返しなさい』とは、ラドフィア聖教の基本経典《きょうてん》である聖書に書かれている言葉だ。私は、とても良い言葉だと思う。

それは、ビビに言わせると『ギブアンドテイクってことね』ということらしい。

私はビビからたくさんのものをもらった――だから、ビビに恩返しがしたい。いつかビビの願いが叶うように、できる限りの助力をしたいと思っている。

もちろんそれだけじゃなくて、聖職者としてもビビのような迷える魂を天の国へと導くのが、お役目のうちだと思っている。

『この男、フィアリス選帝侯の代理人だって言ってたっけ？』

ビビは、書類に没頭《ぼっとう》している男性の顔を間近で覗《のぞ》き込んだ。

そうだよ、と唇《くちびる》だけで答えながら私はうなづいた。

ちょっとドキッとする光景ではあるけれど、幽霊であるビビの姿は彼には見えていない。

『代理人が、あのバカみたいに高額な追加報酬の支払いを即決《そっけつ》できる、ね………』

何だか怪しい～と、ビビが目を細めた。

すでに単独派遣に対する追加報酬として、一億ベセルが計上されている。

『あっちの派遣条件って何だったっけ？』

（銀髪《ぎんぱつ》で十代の少女。護衛ができる能力、あるいは、いざとなったら護衛対象を連れて逃げられるレベルの転移術。何らかの精霊魔法の使い手……可能であれば水魔法。精霊の加護があればなお良し。それから、最低でも瀕死《ひんし》の重傷者を癒《いや》せるレベルの治癒術、という

条件てんこもり）

『何？　それ、おそろしく厳しい条件ね』

（うん。私もそう思った。これ、あんまりにも具体的すぎるんだよね）

『具体的すぎるってどういうこと？』

（明確な人物像があるっていうこと。…………誰かを捜しているのか、あるいは誰かの身代わりにさせようとしているのかなって…………）

『いいわ。……あっちに着いたら調べてあげる』

（ありがと。でも、無理しないでね）

『大丈夫《だいじょうぶ》よ、私、幽霊なんだから』

　ビビはそう言って、晴れやかに笑った。


　ガタゴトと揺れる馬車の中で、私はきっちりとした座り姿勢を崩さない。

　本当はクッションに寄りかかったり、あるいは眠ってしまえばもっと身体が楽なことはわかっているけれど、仕事相手の前でそういう気を抜いた姿を見せたくない。

（ただでさえ、私が若年《じゃくねん》の女性ということで軽く見られやすいのに……）

　認識《にんしき》阻《そ》害《がい》のヴェールのおかげで私の容姿は相手から一切《いっさい》見えていないけれど、そもそもの派遣条件が『十代の少女』なので、私の年齢と性別はバレている。

（たぶん、そのせいもあるんですよね…………この人に相手にされていないのって）

私はちらりと目の前で書類に没頭している人に視線を向ける。

『……ねえ、そんなにこの男を気にしてるなんて……もしかして、こういうのがグレスの好みだったりするの？』

趣味《しゅみ》が悪いわ〜と、ビビが呆《あき》れた様子で呟《つぶや》いた。

絶対違うから!!　というように私は少し力をこめて首を横に振った。

別に見つめてないし見惚れてもいない。ただ、観察していただけなのだ。

（どっちかというと敵を見定めているようなものだから！）

どういう風に切り込むのがいいのか悩《なや》んでいたのだ。

この人にすごーく苦手意識はあるけれど、そこから逃げていたら話にならない。

車内の空気が少し揺れたことを咎《とが》めるように彼は少しだけ顔をあげ、そして私を一瞥《いちべつ》してまたすぐ書類に目を戻す。

眼鏡のレンズ越しに、一瞬《いっしゅん》だけその珍しい色の瞳《ひとみ》が見えた。

角度的に今は見えないけれど、彼の瞳の色は薄い金――――聖堂でつくっている発泡酒《はっぽうしゅ》によく似た色をしている。

実は金の瞳というのはかなり珍しい色だ。

（…………少なくとも、私は猊下以外にこの色の瞳を持つ人を知らない）

ラドフィア神聖皇国は、移民の割合が多い他民族国家だ。

髪の色も肌《はだ》の色も瞳の色も多種多様だし、組み合わせもさまざまな人々がいるので、どんな色をしていてもさほど目立つことがないのだけれど、金だけはすべてを見ることができると言われている精霊眼の色だと珍しがられる。

（ただ、精霊眼《せいれいがん》って言ってもいいくらいの金色なのに、ビビのことはおそらく視えてないんですよね……）

じゃなければ、ビビに眼鏡のレンズにくっつきそうな至近距離にまで迫《せま》られて平気でいられるわけがない。

法皇猊下の精霊眼は遺伝だけど、猊下は親族すべてを戦乱で失っているので、目の前の彼が猊下の親族である可能性は低い。

（かといって、帝国に精霊眼の血筋があるとは聞いたことがないんですが……）

でも、いてもおかしくはない――というか、あまりにも当然すぎて口にするまでもないのかもしれない。

なぜなら、ヴォリュート帝国というのは、人間が、精霊王に希《こいねが》って造った国だからだ。

かつて不毛と言われていた地を精霊の力を借りて人の住む大地へと変え、そこに移り住んだ人々が建国したのが、ヴォリュート帝国だ。

皇帝を生み出す選帝侯家は、各々が精霊王の血をひく末裔《まつえい》であると言われ、それゆえの強い魔力と血統魔法を有するし、帝国貴族は多かれ少なかれ必ず精霊の血をひいているという。

つまり、ごく当たり前に精霊眼を持っている人がいる可能性がある。

建国当初の定数に欠ける選帝侯家は、すでにその血を遙《はる》か遠《とお》いものとしており、もはや直系の一部にしかその力を残していないとビビは言っていたけれど、今回の依頼元であるフィアリス選帝侯家は水の精霊王《フィアリス》の血筋で、その血統魔法が帝国を維持《いじ》するのに必要不可欠であるために特別な尊崇《そんすう》を受けているのだそうだ。

（…………精霊眼に見えるほどの色を持つということは、それなりの血をひくのでは？）

彼は代理人だと名乗った——選帝侯家に仕える身だと。

本当にそうだろうか？

（代理人なのは本当かもしれないけれど、選帝侯家の血をひいている可能性があります）

だとすれば、依頼通りの仕事のはずがない。

（考えすぎでしょうか…………？）

もしかしたら、帝国では金色の眼《め》は珍しくないのかもしれない……だとすれば、私の疑《ぎ》惑《わく》はただの妄想《もうそう》で終わる。けれどその一方で、何だか言葉にできないひっかかりを感じてもいる。

そしてこの違和感《いわかん》は私だけのものではなく、それを口にした時に同意してくれる人が何人もいた。

（でも、聖堂の情報収集能力を以《もっ》てしても、その理由はわからなかったんですよね）

私は、目の前の人をまじまじと見つめる。

自分で切ったのか、肩口《かたぐち》につくくらいの長さで不均等に切りそろえられた銀灰色《ぎんかいしょく》の髪はサラサラのつやつやだ。平民の男性よりも髪が長めだから、選帝侯家に仕えているのが本当だったとしても、本人も貴族ではあるのだろう。

（……あ……）

その耳元に揺れる蒼い石のピアスが目に入る。

私の首飾りの宝石と似ているな……と思ってそっと胸元を押さえた。

この世界では、髪の長さというのは当人の魔力の多寡《たか》を如実《にょじつ》に示す——魔力が宿る髪は魔術媒体《ばいたい》としてとても優秀《ゆうしゅう》で、魔力が足りない時に代わりに使うことができるのだ。

（昨日まではしてなかったような……？）

髪が長くないから耳元は隠れない。でも、今日まで全然気がつかなかった。

貴族が短い髪をしている場合というのは、生来の魔力が少なくてよく媒体として使うために伸《の》ばすことができないか、あるいは何か罪を犯《おか》したか、髪を売るほど貧しいかを疑われる。

長く伸ばしている人ほど位が高いというのが一般的だし、手入れが行き届いている人ほど魔力が濃《こ》く宿ると言われている。

（本当に選帝侯家の使用人だというのなら、貴族といってもそれほど高位ではないからこの長さでも不思議はない。ないんだけど……でも、たぶんこの人、本当はもっと髪が長かったと思う）

時々、不自然な手の動きをするから気になっていた。

昨日の夜、やっとそれが髪をかきあげるしぐさだということに気がついた。長かった髪がある前提で髪をかきあげるから何だか不自然になっていたのだ。

私は、魔力の使いすぎで記憶をとばしてしまった過去があるので、そういう時に使えるように髪は大事に伸ばしている。

今では結んでいても腰《こし》よりも長い。普段は二つに分けて編んでぐるっと頭に巻きつけるようにしている。ちょっと寝坊《ねぼう》した時は、編んで聖衣の下に垂らしているけれど、そうすると首筋がチクチクするので一日中あんまり気分が良くない。

『いーい、気を許したらだめよ、グレス。綺麗な顔をしてるけど……確かに顔はいいけど、でも、この顔は絶対に性格悪いわよ。あと、眼鏡のせいで格好いいし頭良さそうに見えるけど、これ、度が入ってない魔法具だから！　眼鏡はただのポーズだから！　下手にこの顔に見惚れてぽーっとなったりすると、すぐにつけ込んであれやこれや押しつけてくるタイプだから！』

ビビは彼に指をつきつけて熱弁をふるう。

（ビビが幽霊じゃなかったら、きっと眼鏡のレンズに指紋《しもん》ついてるよ、あれ…………）

顔がいいを何度も連呼しているから、顔だけはビビの及第点《きゅうだいてん》なのだろう。

でも、他は結構さんざんな言い草だ。

（ふ〜ん、こういうのを顔がいいって言うのか……）

実のところ、『格好いい』とか『顔がいい』というのが、私にはよくわからない。

髪の色や目の色の違いなどはわかるけれど、その造形が良いか悪いかというのがまったくわからない――目と鼻と口があることはわかる。でも、その配置が多少ズレていたところで何が問題なのかよくわからない。

つまるところ、私には人の顔の判別がつかないのだ。

それでどうやって他者を区別しているかというと、その人が持つ『光』だ。

私の目には、どの人も身体の内側から光って見える。たぶんそれは、魔力の色や生命力のようなものを『光』として見ているのだと思うけれど、一人として同じ色、同じ輝きはない。

病の老人などの持つ光は弱くか細いし、活力に溢《あふ》れている子供の持つ光は眩《まぶ》しい。

顔の見分けはつかなくても、これまでのところ問題なく過ごせているから大丈夫だと思う。

『……ねえ、グレスには、どういう風に見えているの？』

ふと思いついた、というようにビビが私の方を振り向いた。

私は、ヴェール越しに目を凝《こ》らす。

（……アオ……）

彼の輪郭《りんかく》を縁取《ふちど》るのは、透《す》き通《とお》った青い光だ——どこまでも澄《す》んだ美しい青の色彩《しきさい》が、その身の裡《うち》で揺らめいている。

見ているととても綺麗で、どこまでも透徹《とうてつ》としたその青に、呑《の》み込まれてしまいそうな錯覚《さっかく》を覚える。

（この人の顔の良さは全然わからないけど、この青はすごく綺麗だ……）

ずっと見ていたいかもしれないとさえ思う。

『……グレス？　どうかして？』

おかしな色なの？　とビビが首を傾げるから、ううん、と私は小さく首を振った。

それから、綺麗だよ、と音にせず唇だけを動かして付け加えた。

『……オーラが綺麗ってことは、性格は悪くとも根性《こんじょう》は腐《くさ》ってないってわけね』

私が見ているそれを、ビビは『オーラ』だという。

その人が持つ『気』とか『力』を、私は光として見ているらしい。

『意地も悪いし、気遣《きづか》いはなってないし、正直、最悪の部類だけど最低ではないわね

――顔がいいから』

好き放題にビビは言っているけど、私はそれについて何も言わない。

出会った瞬間《しゅんかん》から今までのさほど長くない時間の中で、ビビがそう思うだけの根拠《こんきょ》があると私も認めている。

（でも、やっぱりこの人は、ただの使用人とか従者ってわけじゃなさそう……）

私がさっきから気にしてすごーく念入りに観察しているのは、そういう疑いがあるせいだ。別に彼個人に特別な感情があるわけじゃない。

瞳の色もさることながら、私が彼をただ者ではないのでは？　と疑う理由の一つが、この人の着ている服にある。

（昨日までの服装はそんなことなかったんですけど、今日のこの人の服、かなりたくさんの加護がついてるんですよね……たぶん上着に）

簡素だけど仕立てがとても良い長衣《ちょうい》は、深い森の緑色をしている。

まず、この緑の染料《せんりょう》がたぶん特別だ。それ自体に魔法防御《ぼうぎょ》効果がある。

もちろんそれだけじゃない――おそらくは裏地に幾《いく》つもの守護の呪《じゅ》や陣の縫《ぬ》い取りがなされている。それらもバラバラに施されたのではなくて、すごく緻密《ちみつ》に設計されているものだ。

手に取らなくても何となくわかるのは、私がそういうものに敏感《びんかん》な体質なのと、魔術と魔法の研究が私の専門分野だからだ。

（たぶん、聖職者の祭服と同じくらい重ねがけされていて……）

聖職者の身につけているものは、下着に至るまですべてが加護を持つ品だ。それと同等ということはかなりの防御力を持つ。

単に仕立てが良いだけの服というのなら、不思議には思わなかった。

加護や付加というのはどんな小さな物でも一つ一つに値段がつく技術だ。そして、そういうものは個人に合わせたオーダーメイドであることが多い。

（そういうもろもろを考えると、目の前のこの人が選帝侯閣下本人かもしれない、という事実が浮かび上がるんですよ……あんまり嬉《うれ》しくないことに）

もしかしたら、フォルリ枢機卿や法皇猊下はわかっていたのかもしれない……と考えたけれど、私は即座《そくざ》にそれを否定した。

お二人は、私の教団での父や母のようなものだ。そんな彼らが情報を隠して私を危険に晒《さら》すはずがない。

（それに、私、とっても稼げるいい子ですからね！）

高額の派遣料をとれる者の中で私はピカイチ若いのだ。これからの未来に稼ぎ出す金額を考えると、教団の他の人だって私に危険が及《およ》ぶようなことはしないだろう。

だとすれば、目の前のこの人は私達に――皇国に対して身分を偽《いつわ》ったのだ。

(……それは、文字通り、神をも畏《おそ》れぬ所業です)

でも彼は帝国人だから、神を欺《あざむ》くことに罪の意識を覚えないのかもしれない。

ラドフィア聖教は大陸で最も信者の多い――最も信じられている宗教ではあるけれど、残念ながら帝国においてはそれほど盛《さか》んではない。

帝国民はその建国の事情もあって、万物《ばんぶつ》に精霊が宿っていると考える精霊教を信奉《しんぽう》している者が多い。帝国民にとって精霊というのは極《きわ》めて身近なものなので、その力の恩恵《おんけい》にあずかることも多く、信じられやすいのだ。

帝都の観光名所にもなっているという精霊教会は、帝城《ていじょう》をも凌《しの》ぐと言われるほどの壮《そう》麗《れい》さを誇る。

しかも、近年ではその財力と増えつつある信者の力を背景に政《まつりごと》にも大いに圧力をかけているらしい。

(現在の皇帝陛下が皇国と友好条約を結んだのは、精霊教会の力が強くなりすぎたせいもあるだろうと猊下はおっしゃっていましたっけ……)

そのせいだろうか、帝国がラドフィアの聖堂建立のために寄進したのは、帝都リュトニアの中心部――帝城にもほど近い一等地だった。三代前の皇帝が妾妃《しょうひ》に与えた屋敷《やしき》の跡地《あとち》の一部で、下賜《かし》を願っていた者も多数いたらしい。

三年前に完成したばかりの真新しい聖堂はさほど大きいものではないが、『治癒術』を求める人達で大いに賑《にぎ》わっていると聞く。また、実利を重んじる富裕な商人などは便利に『転移門』を利用してもいるそうだ。

過保護な上役であるフォルリ枢機卿と、さらに輪をかけて過保護な法皇猊下は、この仕事が決まってからというもの、何かあったらその聖堂に即座に逃げ込むようにと繰り返し私に言い聞かせた。

(聖堂以外は敵地だと思え、ともおっしゃっていました……)

戦地に派遣されるわけじゃないのに、と言い返したら、帝城など戦地よりもまだ悪いとも言われたものだ。

(最悪の場合は、力ずくで帰ってきていいという許可までくれたんですけど、どれだけの危険を想定しているんでしょうか?)

帝国との関係は今でこそ良好と言っていいものだけど、今の皇帝陛下が即位するまでは一触即発《いっしょくそくはつ》の犬猿《けんえん》の仲だったという。なので、一定年齢よりも上の皇国の民は皆、帝国に対する警戒心《けいかいしん》がとても強い。

(猊下は、無理して引き受けることはないと何度も言ってくれたんですよね……代替案《だいたいあん》もないくせに)

帝国に身売りをするようなものだ、と嘆いたのはフォルリ枢機卿だった――たった一ヶ月の派遣なのに。

ただ、原因となった借金を作った猊下を思いっきり責め立て、もう二度と借金はしないとの言質《げんち》をとっていたから、あれは嘘泣きだったのかもしれないけれど。

『ねえグレス、あなた、この男がただの「お使い」で来た従者だなんて思っていないわよね？』

ビビは、ふわふわとまるで泳ぐように浮かびながら、私の瞳を覗き込む。

菫色《すみれいろ》の瞳が、まっすぐ私を射貫《いぬ》いていた。

（………思ってないよ）

私は小さく首を振ってそれを否定した。

『……なら、良いけど』

ビビは満足そうな表情でうなづいて、宙で足を抱《かか》え込んで何やら考えはじめる。ちょっとお行儀《ぎょうぎ》の悪い姿だけど、彼には見えていないから大丈夫だろう。

見えていなくて良かったと心底思う。

（ビビったら好き放題しているんだもの……）

何に興味を持ったのか、ビビは書類から片時も目を離さないその人の顔をまじまじと覗き込んだ――今にも口づけてしまいそうな至近距離なので、見えていないとわかっていても何だか焦《あせ》った気分になる。

『だいたい、この男気遣いが足らなすぎるのよ！　年頃の令嬢と一つ馬車に乗り込むだけでも言語道断だっていうのに、付き添いもつけないでもう四日目よ⁉　ありえないわ‼　グレスが貴族の令嬢だったら、絶対に傷ものだって言われる案件よ！』

呆れ気味の溜め息混じりでビビが言う。

どういうこと？　というように私は軽く首を傾げた。

もちろん、ビビの声は私にしか聞こえていない。

『あのね、グレス。聖堂育ちのあなたにはピンとこないのでしょうけど、普通はね、洗礼後の妙齢《みょうれい》の女性が、家族ではない成人男性と密室で二人きりでこんなにも長時間過ごしていたら、過《あやま》ちを犯したと見なされるの。あなたの貞節《ていせつ》が疑われちゃうのよ！』

私からすると、車内には私と彼——フィアリス選帝侯家の使いだという目の前の男性とビビの三人で旅しているのだが、ビビの姿が見えない私以外の人にとっては私と彼の二人きりで旅をしているということになる。

選帝侯家のご令嬢だったビビからすると、それなりの年頃の男女が二人きりで馬車に乗っているという今の状態は、とても外聞が悪いものらしい。

（まあ、別に私には還俗《げんぞく》の予定も婚姻《こんいん》の予定もないから問題はないけど………）

というか、私の身持ちが疑われるのは不本意だけど、男性の方だって貞節や理性や良識を疑われるわけだから、かなり不本意だろうに………そこで、ふむ、と私は考えた。

（——でもこれって、契約外報酬がとれるネタなのでは？）

ビビがこんなにもプリプリ怒《おこ》っているし、これが傷ものだなんて言われるようなことなのならば、当然、私の不利益になる。

不利益には充分報《じゅうぶんむく》いてもらわねばならない。

（…………あとでしっかりと記録しておこう）

まとめて契約外報酬を請求《せいきゅう》する時のことを考えたら何だか嬉しくなってしまって、私はにんまりと笑った。

『…………ちょっと待ってグレス、その笑《え》みは何？　なんかあなたすごく不適切な表情をしているけど？』

臨時ボーナスが入りそうなので嬉しくなってしまったから笑っただけで、別に不適切ではないと思う。

私が無言のまま笑みを重ねると、ビビは何を悟《さと》ったのか軽く肩《かた》を竦《すく》め、すーっと姿を消した。たぶんこれ以上踏《ふ》み込むのはお互《たが》いの精神衛生上あんまりよくないと思ったのだろう。

もちろんそれだけじゃなくて、ビビがずっと姿を現していると私の疲労度《ひろうど》が半端《はんぱ》ないことになる。だから、ビビが起きていられるのは最大でも五時間――どちらにしても、そろそろ時間切れなのだ。

たぶん私とビビが約束を交《か》わした時から、ビビは私の生命力というか……私が人を区別する時の光のようなものを、自身を保つ力として用いているのだと思う。

（――――おやすみなさい、ビビ）

頭の片隅《かたすみ》で、『おやすみ』というビビの声が聞こえたような気がした。

五日目の朝が来た。

今日も、耳慣れたカラコロという軽《かろ》やかな音を聞きながら、私は馬車に揺られている。

当初は馬車での移動もそれなりに興味深かったけれど、今はまったく興味をひかれない。

いろいろと考えをまとめられたのは良かったけれど、そろそろ潮時だと思う。

（…………いい加減この状態に飽《あ》き飽きなんですよね）

私は、書類に没頭している目の前の男性に視線を向ける。

出会った当初から、彼の印象はあまり良くなかった。

整った顔立ちが眼鏡のせいで冷たい印象を与えるのと、口を開けば微妙に嫌みを含んだ発言ばかりしているせいだ。

（あと、自分の用事がないと挨拶《あいさつ》もしないんですよ、この人…………）

毎朝、顔を合わせたら「おはようございます」と挨拶するのに、返ってくるのは「ああ」というなづきだけだ。

これが主人と使用人だったらありなのかもしれないけれど、私は派遣された人材であって、彼の部下でも何でもない。

（これって、私を対等な者だと思っていないのでは？）

選帝侯家に仕えている人間だというのなら、本来彼は私に丁重《ていちょう》に接しなければならないはずだ。

私を雇用《こよう》したのは彼ではなく彼の主だし、私は帝国の人間ではなく皇国——他国から派遣された高位の聖職者だ。

別にご機嫌を取り結べとまでは言わないけれど、扱いには相応の敬意があってしかるべきだと思う。

（……………でも、それも彼が選帝侯閣下本人なのではないかと疑う理由なんですよね）

ただし、選帝侯ご本人であっても、私に対してこの扱いをするのはかなり失礼だ。

（今のところ、帝国と皇国は良好な関係にあるけれど、それがいつどうなるかわからないことなんて充分承知しているでしょうに…………）

現皇帝陛下が即位するまで、帝国と皇国が犬猿の仲だったのは前述のとおりだ。

刃《やいば》こそ交えていないけれど、当時の法皇猊下は前の皇帝陛下を毛嫌《けぎら》いしていて、前の皇帝陛下の嫌がることなら何でもやったと聞く。何せ、自腹を切ってでも——自分の年金を担保にしてまで嫌がらせをしていたというから凄《すさ》まじい。

何が言いたいのかと言えば、現在の友好関係なんて、私が今回の人材派遣契約を破棄して舞い戻ったりすれば、それだけで悪化するようなものだということだ。

引き受けたからには雇用主が満足するように努めるけれど、できることとできないことがある。

今、この時点で自分に有利な形で破棄して、皇国に逃げ帰ることだってできないわけじゃない――ビビ曰《いわ》く、帝国貴族的発想で言うならば、私はもう目の前の人に傷ものにされているのだし。

（まあ、それはいざという時の切り札にするので、そう簡単にチラつかせたりはしないんだけど…………）

切り札というのは適切な時に出してこそ、最大の成果が得られる。

私は気付かれないように小さく息を吐《は》いた。

状況を単純に整理するとすれば……両国間にはもろもろの事情がある。

その上で、れっきとした選帝侯家――それも現帝国宰相家の使用人が、皇国から派遣された……自分で言うのも何だけど……将来をとっても嘱望《しょくぼう》されている一位司教にこんな態度をとるのだったら、よほど使用人の躾《しつけ》ができていないということになる。

（あるいは、わざとそういう態度で私の出方をうかがっているという可能性もあるわけなんだけど……）

でも、そうする理由が思いつかないし、それよりも彼が選帝侯閣下本人だと考える方がいろいろと納得できる。

（何しろ、ヴォリュート帝国の選帝侯にして宰相閣下ですもんね）

フィアリス選帝侯家の有する領土だけでも、皇国の三倍くらいの広さがある。帝国全体では大陸最大の版図《はんと》を持つのだ。その最強の帝国の支配者の一人だからして、多少上から目線な態度になるのは当然とも言える。

私は、ゴトゴトと馬車に揺られながら、小さな窓の外に目を向けた。

窓の外を流れていく景色は、いつの間にか緑溢れる田舎《いなか》の風景ではなく、都市の賑わいを感じさせるものになっている。

（……………もう、帝都に入ったのかな？）

この馬車を見て頭を下げている人達がちらほらといる。

おそらく、選帝侯家の紋章《もんしょう》を掲《かか》げているからだろう。

（民に、慕《した》われているのかしら？）

誰に強制されたのでもなく自発的に敬意を示す人達がいるというのはそういうことだ。

私には無駄としか思えない馬車での移動だったけれど、もしかしたらこの無駄な移動にも何かの意味があるのかもしれない。

「…………お疲《つか》れですか？」

この五日間というもの、車内では常に書類に目を向けていた男が、ふと気付いたように顔をあげた。

「……はい」

彼から声をかけられたのが初めてだったので、とても驚いた。

それから、正直に答えるかどうか躊躇《ためら》ったけど、ここは隠したり曖昧《あいまい》に誤魔化《ごまか》しても意味がないと思って素直《すなお》にうなづいた。

そろそろ体力が限界近くまで削られているので、あれこれと頭を巡《めぐ》らす余裕《よゆう》がなかったとも言える。

（……ううん。削られているのは気力の方かも）

その珍しい黄金の瞳がまっすぐこちらを見ていた――まるで、ヴェールの下の私の目を射貫くかのように。

強い眼差《まなざ》し――こういう目を私はよく知っている。

（何かを心に決めている人の目だ）

職業柄《がら》、いろいろな人を見てきたし知ってもいるけれど、こんなにも張《は》り詰《つ》めている人はあまりいない。

（――ビビと同じだ）

私が帝国に派遣されることが決まってからというもの、ビビはどこかおかしかった。

ずっと、何か思い詰めたような顔をしていた。

吹《ふ》っ切《き》れたような……あるいは心を定めたような顔をするようになったのは、この無駄だと思える馬車の旅に出てからだ。

私はその強い眼差しを受け止め、ただ淡々《たんたん》と見返す。

こういうとき、私は己《おのれ》に「鏡であれ！」と言い聞かせて相手の出方を待つことにしていた。

「………聖女というのは、随分と軟弱《なんじゃく》なのですね」

ひたとこちらを見る金の瞳の人は、私自身にはさほどの関心を示すことなく、口元だけで薄く笑った。

一事が万事《ばんじ》こんな調子の物言いをするので、そのたびにカチンと来る。

（ほんと、腹立つな～～）

毎回律儀に苛立《いらだ》つのは、私もまだまだ修行《しゅぎょう》が足りないということだろう。

だから、ぐっと腹立たしさをこらえて私は笑った。

「聖女にとって最も大切なのは『奇蹟《きせき》』の維持のために祈りを捧《ささ》げることなので………無言で何日も馬車に揺られることには慣れておりませんの」

そして、嫌みにならぬような柔らかな口調でおっとりと告げる。

ポイントは、最後にはにかんだような笑みを重ねること。

これがわざとらしくなくできるようになると、聖堂メソッドにおける『聖職者が他国で働くために知っておくべき知識上級編』の単位で優がもらえる。もちろん、私はちゃんと『最優』を取得済みだ。

彼は、一瞬、眉《まゆ》を顰《ひそ》めた――――ほんの一瞬だけ呆れたような……小馬鹿にしたような表情がのぞく。もちろん、見ていましたとも！　でも、ここで煽《あお》り返したりしてはいけない、というのが教えなので何も言わなかった。結構忍耐力《にんたいりょく》が試《ため》されていると思う。

(このヴェールのせいで私の顔は見えていないでしょうけど、こちらからはよく見えているんですからね！)

私は顔の前の薄絹《うすぎぬ》のシワを直すふりをして軽く引っ張った。

すべらかな手触《てざわ》りのこの薄絹は、その下にある顔を隠す……相手に顔が認識できないような呪《じゅ》が織り込まれている特殊なものなのだ。

顔の輪郭や目や口元がうっすらと見えるので、ほとんどの人がその不自然さに気がついていないけど、相手からは顔をしっかりと見定めることができない。聖職者の似顔絵を作ることができない、というのはそのせいだ。

私達ラドフィア聖教の聖職者は、基本的には教義によって素顔《すがお》を隠している。

大司教以上の高位とならない限り、この認識阻害の呪が織り込まれたヴェールは聖職者必須の装備となっていて、人前でとることは許されていない。

無理矢理ヴェールを剝《は》ぎ取ったら、それはラドフィアに戦《いくさ》を布告しているのと同義だと世間で言われているけれど、これは正真正銘《しょうめい》本当のことだ。

過去にとある国の貴族が美貌を噂《うわさ》されていた女性聖職者のヴェールを剝いだ時、法皇猊下は宣戦布告こそしなかったものの、その貴族とその貴族の主たる王に破門を宣告した。

そこからはじまったのは剣《けん》を持たぬ戦争――――つまりは外交闘争《とうそう》だ。

我がラドフィア神聖皇国は宗教国家なので、戦を布告されても武力でやり返すことができない。

聖騎士《せいきし》はいるが、彼らは軍人ではなく武術という御技《スキル》を持つ武装聖職者という扱いなのだ。聖騎士は、高位聖職者の護衛としての訓練はしているが、軍という単位での集団戦闘《せんとう》などは想定していない。

だが、武力こそ持たないもののラドフィア聖教は大陸最大数の信者を抱える。

その宗教的な権威《けんい》は相当のもの――裏を返せば、それしかないとも言う――で、破門や禁令、あるいは宗教的に繫《つな》がりのある友邦《ゆうほう》を頼《たよ》る等々、政治力を駆使《くし》することで戦の手段とする。

件《くだん》の国は、自国と通商している複数の国々から国交を断絶されたり、あるいは関税の大《おお》幅《はば》な値上げを通告されるなどして、最終的には経済が破綻《はたん》して王統が変わったという歴史がある。

「……すみません、言葉選びを間違えました。聖職者の方は皆、虚弱《きょじゃく》なのですね」

呼吸をするような自然さで嫌みを口にしてくるので、少しだけやり返したい気分になった。

「人それぞれではないでしょうか？　私はさほど強靱《きょうじん》ではありませんが、中には頑丈《がんじょう》な方もいらっしゃいますし……選帝侯閣下はご丈夫《じょうぶ》なようにお見受けしますが、ご令嬢は虚弱だと聞いております。それと、同じことですわ」

選帝侯閣下、という単語に彼はわずかに反応し、私の方に強い視線を向けた。そのにこやかな表情は変わっていないけれど、私の背筋に小さな震えが走る。

（ヴェールがあって良かった）

顔を認識されない……表情を読ませないというのは誤解されやすくもあるが、利点も多い。

聖職者という社会的に保証される地位であることに加え、一見して年齢がわからないために概《おお》ね丁重な態度で接してもらえるのだ。

目の前の彼の丁寧《ていねい》さにはどこか慇懃《いんぎん》無礼《ぶれい》な香りが漂《ただよ》っているけれど、身分の高い方であれば珍しくない。

（やっぱり、この人、選帝侯閣下ご本人です……）

言葉を交わしているうちに、私のその確信はますます深まっていった。

本人が意識しているかはわからないけれど、そもそもの態度が使用人のものではない。

もし、目の前のこの人が選帝侯閣下ご本人でなかったら、大変態度の悪い従者の所業を閣下に逐一《ちくいち》ご報告したいと思う。

（それで、幾ばくかの慰謝料《いしゃりょう》を分捕《ぶんど》らねば気が済まないです！）

「………ところで、司教」

「はい」

改まって呼びかけられた私は、すっと姿勢を正した。

「そのヴェールをとっていただくことは可能ですか？」

彼はわずかにその身を前に乗り出す。何か、無言の圧をかけられている気がする。

「純粋《じゅんすい》に可能か不可能かで言うのなら、私は素顔を見せる許可を猊下から受けております。けれど、契約にはありませんのでとることはできません」

高位の聖職者ほど顔を晒しているのは、成り代わりやなりすまし、すり替《か》え等を防ぐためだ。

嘘だろ、と思われるかもしれないが、過去、十年以上も法皇猊下が別人にすり替わっていたことに気付かなかったという事件があったために、大司教以上は説法の場においては必ず顔を見せることになっている。

私がまだ司教の身で顔を晒すことが許可されているのは、自分の研究結果を発表するための場で顔を晒すことを求められたからだ。

「………契約、契約ばかりですね、ラドフィアの方は」

これをざっくばらんに訳すと、「契約、契約ばっか言ってるんじゃねえぞ、この守銭奴《しゅせんど》が！」くらいの意味になる。

「仕方がありません。帝国のような大国とは違い、私達のような小さな国の人間は、そうでもしなければ己を守ることができないのです」

私は神妙《しんみょう》な表情でそっと顔を伏《ふ》せた。

顔は見えなくとも雰囲気《ふんいき》は伝わるものだ。私の醸《かも》し出す警戒心マシマシな空気は、彼にも充分に伝わったことだろう。

「相手が誰であれ、帝国は一度約したことを反故《ほご》にしたりはしません………大国の面子《メンツ》というものがあります」

「存じております。……でも、臆病《おくびょう》な私は、護衛もついていないような場で素顔を晒すことはどうしてもできないのです……」

わざと小さく怯《おび》えたふりをして私は首を振った。

本来、私のような聖職者……一位司教が派遣される場合は、『聖騎士』と呼ばれる護衛が最低でも二人つくことになっている。

その護衛を許可しなかったのは、選帝侯家——帝国側だ。

護衛を許可しない理由は、私が付き添うことになるご令嬢がとても内気であまり男性に慣れていないため、聖騎士に怯えるから……ということだった。こちらは、しぶしぶそれを呑んだ形だ。

(そういう事情があるから、幾らゴリ押しが得意な帝国であっても、さらに無茶な要望を押し通すことはできないはずです)

「私が護衛となり、我が命に代えても御身《おんみ》をお守りさせていただきます。それではご安心いただけないのでしょうか?」

ビビが認めるほど顔が良いその人は、不機嫌《ふきげん》そうにそう言い、それから、やや声を低めた。

「……それとも、私の誠意をお信じいただけないのでしょうか?」

これはたぶん恫喝《どうかつ》なのだと思う。私にはあんまり効《き》いていないけれど。

(もう少し柔らかな口調で、語尾に罪悪感をたっぷり滲ませるようにして目を伏せるべきですね!　そうしたらきっとたくさんの人がひっかかってくれます!)

押すよりも引く方が、人は受け入れやすいのだ。そして、私はこういう恫喝に近い手法には反発を覚えるタイプだ。

「誠意の問題ではありません。純粋に私が怖がりなのです——私は根が臆病なものですから信頼《しんらい》できる聖騎士がいない場でそんな無防備になることはできません。申し訳ございません」

私は、他意はないのです、と言わんばかりにそっと頭を下げた。

「……いいえ、まだまだ私の努力が足りないということですね」

ゴリ押しをやめた彼は、ヴェール越しの私の顔をじっと見つめている。

見えていないはずだけれど、まるで見えているかのようなまっすぐな眼差しだったからドキッとした。でもそう思ったことに不思議な反発心が湧《わ》いて、心の中で盛大《せいだい》に文句をつけてしまう。

(努力不足って、あなた何の努力をなさったんですか？　だいたいお会いしてまだ五日目ですし、こんなに長く話したのだって今が初めてなんですよ？)

そんな相手の誠意なんて、どうやって感じ取ればいいのかわからない。

「それよりも………」

意味ありげに言葉を切り、私は目の前の人をまっすぐ見据《みす》える。

不意に訪《おとず》れた沈黙《ちんもく》に、彼が少しだけ怯《ひる》んだような表情をした。

その瞬間を見計らって、たたみかけるように問いを発する。

「………そろそろ、お話しくださいませんか？」

「…………話、とは？」

目の前に座る怜悧《れいり》な美貌の持ち主は、睨《にら》みつけるようにして私の方を見ている。

「今回のお仕事の内容です。…………それと、なぜ、私は馬車などでここまで来なければならなかったのでしょうか？」

内心に溜め込んでいた非難をたっぷりこめて、詰問《きつもん》する。

「帝国では魔法や魔術で転移することは、あまりにも軽々しい振る舞いだとして忌《い》まれているのですよ。…………司教には申し訳ないことですが、これが、帝国の流儀《りゅうぎ》だと思ってください」

涼《すず》しげな表情をしたその人は、その問いにこめられた私の不満と非難をちゃんと理解しているにもかかわらず、気にも留めていない。

（まあ、私のような小娘の非難なんか小鳥のさえずりくらいにしか感じないでしょうね）

相手は大陸最大にして最強と言われる帝国の宰相閣下だ。

だから、私はヴェールで見えないとわかっていても自分が一番美しく見える角度で笑みを向けて、再び問うた。

「…………では、私は、誰の身代わりにされる予定ですの？　宰相閣下」

彼の金色の目が丸く見開かれたのを見て、それまでに溜め込んだ私の鬱憤《うっぷん》が、少しだけ解消されたような気がした。

《第二章》出稼ぎ聖女は追加報酬の機会を逃さない

しばしの沈黙《ちんもく》の後、目の前の彼は静かに口を開く。

「…………なぜ、おわかりになられた？」

「あなたがここにいるということが、一番の理由でしょうか……」

「？？？？？」

彼は不思議そうな表情で首を傾《かし》げた。

実はこの時、私達の会話はまったく嚙《か》み合《あ》っていなかった。

彼はなぜ自分の正体がわかったのか？　と聞いたつもりだったらしいけど、私はそれについてはほぼ確信していたので頭からすっぽり抜《ぬ》けていて、身代わりのことがどうしてわかったのかと聞かれたと思っていた。

でも、私はすぐに彼が首をコテンと傾げたしぐさに目を奪《うば》われてしまったので、そこで生まれた齟齬《そご》はお互《たが》いに気付かないままになった。

どこか頑是無《がんぜな》い子供を思い起こさせるそのしぐさに、不思議な懐《なつ》かしさを覚えて思わず凝視《ぎょうし》してしまう。

（――ああ、そうか……）

自分と同じなのだと気付いた。たぶん、幼い頃《ころ》からの癖《くせ》なのだ――私にも同じ癖があるからよくわかる。

周囲にすごく矯正《きょうせい》されたけれど、私のこの癖も未《いま》だに直っていない。

ただそれだけのことで、何となく親近感のようなものが湧《わ》いた。それは苦手意識をほんの少し小さくするのに役立った。

（………さて）

ここからが本番だ。

一息ついて息を整え、そっと頬《ほお》に手をやり、ヴェールの陰《かげ》で強《こわ》ばってしまった顔の筋肉を動かす。

多少の経験を積んではいるものの、正直なところ………これを認めるのは口惜《くや》しいけれど、私はまだ成人して一週間しか経っていない未熟な子供にすぎない。

（そして、目の前のこの人は大陸の五分の二を有するヴォリュート帝国《ていこく》の宰相《さいしょう》閣下《かっか》だ）

そもそもの場数が違《ちが》うし、立場も違う。

ただ、たとえ相手が誰《だれ》であれ、気持ちで遅《おく》れをとるわけにはいかない。

（――笑顔《えがお》は自然に。決して、早口にならないこと）

私は、いつの間にか少し縮こまっていた背を伸《の》ばし、正しい姿勢を保つようにしながら口を開いた。

「まずは、自己紹介《しょうかい》をしましょう。…………共に仕事をするにあたって、自己紹介は基本中の基本ですから」

聖職者は、表情の見せ方や話の聞かせ方にはじまり、どうやって自分の意に添《そ》う結果に持っていくか……ということを、さまざまな実例を参考にしながら段階を踏《ふ》んで習う。

話術を磨《みが》き、立ち居振《ふ》る舞《ま》いを洗練させ、人の気を逸《そ》らさない術を学び――――それらすべてに習熟したと認められて初めて皇国の外に出ることが許されるのだ。

（……大丈夫《だいじょうぶ》。ちゃんと覚えている……）

何もこの人を話術で丸め込まなければいけないわけではない。

（私は――――私の目的は、騙《だま》されず、使い潰《つぶ》されず、搾取《さくしゅ》されることなく、ラドフィアの名の下に正しくお仕事を完遂《かんすい》することだ）

己《おのれ》の目的を明確にすることは大事だ。それがわかっていれば優先順位もつけられるし、いざというときに間違《まちが》えることも少なくなる。

（…………あ、あと、追加報酬をできるだけたくさんいただければなお良し、です！）

あれもこれもなんて欲張るつもりはないけれど、割り増し報酬とか追加報酬はばっちり狙《ねら》っていきたい。

私はおなかの底に力をこめるようにして、ヴェールの陰でこっそりと気合いを入れる。

「自己紹介、と言われても…………。私は、貴女《あなた》のことは詳細《しょうさい》な派遣《はけん》情報からすでに存じ上げているのだが……」

だから必要はないと言わんばかりのその人の前で、私はあら？　というようにわざとらしく首を傾げた。

「派遣情報というのは、そちらの条件を満たした御技《スキル》を有しているか、とか、これまでしてきた仕事とか、名前と階位が書かれているだけですよね？」

「ええ、そうですが……」

彼の手元にどんな資料が渡《わた》っているかは、当然私も知っている。

（それだけで私のことをわかったように言われるのは心外です！　とはいえ、別に私のことを知ってほしいわけではないのですが…………）

「その程度で、これから一ヶ月間お仕事をさせていただく依頼人《いらいにん》と派遣聖職者として、正しい信頼《しんらい》関係を結べるでしょうか？　私は、閣下の口から閣下のお名前もおうかがいしていないのですが……」

（一方的に名前を知っているくらいで、私に何をさせるつもりなのでしょうか？）

彼は、やや軽く目を見開いて、それからわずかに笑《え》みのようなものを浮《う》かべたように見えた——ほんの一瞬《いっしゅん》だったので、もしかしたら見間違《みまちが》いかもしれないけれど。

「そうですね。私は…………エリアス・イエール＝フィアリス——貴女のおっしゃる通りフィアリス選帝侯《せんていこう》にして、ヴォリュート帝国の宰相です。なぜ私が代理人でなく本人だとわかりましたか？」

彼が名乗った時、後《うし》ろ髪《がみ》がついと何かに引っ張られたような気がした。

ビビが目を覚ましたのか、あるいは精霊《せいれい》がいたずらをしたのかもしれない…………私は精霊魔法《まほう》の適性が高いのでよく精霊達に構われるし、ちょっかいを出される。精霊達ときたら私の気を惹《ひ》きたいらしく、すぐにからかったり、いたずらを仕掛《しか》けてきたりするのだ。

「それは、閣下の態度が宰相閣下のもの以外ではありえなかったので……。改めまして。私はグレーシアです。一位司教グレーシア＝ラドフィア。成人したばかりの十五歳です」

聖職者となった瞬間《しゅんかん》から、私達は全員がラドフィアという姓《せい》を有する。

皆《みな》がラドフィアの子にして、家族——それがラドフィア聖教団の……ひいてはラドフィア神聖皇国の基本的な在り方だ。

ちなみに十五歳という年齢《ねんれい》は、推定年齢なので本当の年齢はわからないけど。

「私は、三十歳になったばかりです」

「では、ちょうど私の倍の年齢ですね…………十五歳違いだと親子でもかろうじておかしくないかも」

帝国貴族は結婚《けっこん》がとても早い人もいると聞いたのでそんな風に言うと、閣下は複雑そうな表情をして、嘘《うそ》です、と小さな声で言った。

「…………え？」

「本当は先月、二十七歳になったばかりです。…………まだ、貴女の父という年齢ではありません」

少しだけ慌《あわ》てたような口調で否定する。

「…………そう、ですね？」

三歳くらいサバを読んでどうしたかったのかよくわからないし、そんなにも慌てて否定することでもないのでは？　と思ったけれど、何かちょっと必死そうだったので同意した。

「……私、三十歳に見えましたか？」

「物腰《ものごし》が落ち着いていらっしゃるので、別におかしくは思いませんでした」

「……ち、父親のようだと？」

「いえ、私、孤児《こじ》なので父親とか母親というのはあんまりよくわからないんです。ただ結構年齢が離《はな》れていたので親子でもおかしくないのかなって思っただけで」

他意はないんです。親子って言ったことを気にしているのだとしたら申し訳なかった。

「すみません。おかしな反応をして……その……私はわりと童顔なので、年が上に見られるのは嬉《うれ》しかったのですが、親子関係に問題がありすぎたせいで『親』という言葉にちょっと拒否《きょひ》反応が起こりまして……」

「そうでしたか……」

外見のことも通常の親子関係のこともどっちも未知の分野である私は、曖昧《あいまい》な返事しかできなかった。

閣下はそんな私をまじまじと見て、それから、外套《がいとう》の徽章《きしょう》を見て感心したというような溜《た》め息《いき》を漏《も》らす。

「本当に一位司教でいらっしゃるのですね」

（閣下の口から、聖女云々《うんぬん》という嫌《いや》みを何度か聞いた覚えがあるのですが、今更《いまさら》何を驚《おどろ》いていらっしゃるのでしょうか？）

そういえば、先ほどから言葉遣《ことばづか》いが変わっている。

何だかあたりが柔《やわ》らかくなっているような……？

（……別に階位に阿《おもね》るような方ではないと思いますけど）

でも次の瞬間に、切り込むような鋭《するど》さで彼は問うた。

「しかも正真正銘の『聖女』であらせられると聞きました――『奇蹟《きせき》』を顕《あらわ》すのだと」

『奇蹟』という単語を、彼はとても慎重《しんちょう》に発音したように思えた。

（…………『奇蹟』が使えることが重要なのかしら？）

「はい」

私は特に気負うことなくうなづいた。

ラドフィア聖教の定める『聖女・聖人』は、『奇蹟』の使い手のことを言う。

一般《いっぱん》の人達や信者の方達は、司教位以上の高位の女性聖職者のことも皆『聖女』と呼ぶので、稀《まれ》に『奇蹟』の使えない聖女もいるけれど、私は普通《ふつう》に使えるし、そう呼ばれることに慣れている。

「私達は、今回、派遣していただく聖職者に幾《いく》つかの条件をつけました。一番大事なのは、成人したばかりの私の義妹《いもうと》と、友人として振る舞うのに違和感《いわかん》がない年齢で、護衛もできる腕《うで》の良《い》い治癒術師《ちゆじゅつし》ということです」

「はい」

「あなたのご年齢は成人したばかりの十五歳と記載《きさい》されていました。……それでありながら、すでに『奇蹟』の使い手であると……」

「はい、その通りです」

ラドフィア聖教で言う『奇蹟』とは、『ラドフィア《神》の御業《みわざ》』と定義されている。

ラドフィア《神》様《様》成分を除いてざっくり説明するならば、それは『広範囲治癒術《こうはんい》』のことだ。

聖職者は皆等しく治癒術を使えるけれど、広範囲の……複数の人間を対象としてそれができる人間は稀だ。

『奇蹟』の使い手というのは、最高レベルの治癒術師であることを意味する。

うなづいた私は、にこやかに言葉を続けた。

「お身体《からだ》の弱いご令嬢《れいじょう》のために、どうしても腕の良い治癒術師を、とのことでしたので」

これ、あなたがうるさいことを言うから、最高レベルの私が派遣されたんですよ！　って嫌みを含《ふく》んでます。

「ええ、そうです。もしもの時のために腕の良い治癒術師がどうしても必要でした。……屋敷《やしき》の奥に閉じこもりきりでほとんど外に出ない義妹は、並はずれた内気で人見知りです。であれば、術師としてではなく、友人としてならば側にいることを許すだろうと考えたのです。本人の希望でもありました」

閣下は、ご令嬢のことを思い出したのか、そっと目を伏《ふ》せた。これ、ビビがいたら『あざとすぎる！』って騒《さわ》ぎそうな表情だと思う。

「では、護衛というのは？」

「万が一の用心です。政治には無関係で表舞台《おもてぶたい》に立ったことのない義妹であっても、彼女はフィアリスの娘《むすめ》です。それは、常に警戒《けいかい》しなければならない立場ということだ」

「……ご令嬢が狙われるような、心当たりが何かおありなのですか？」

「いいえ。……私と違い、義妹個人に狙われる理由などありません」

ですよね。こうして話に聞いているだけでもわかることだけれど、ご令嬢は虚弱《きょじゃく》体質かつ文字通りの深窓のご令嬢なのだ。

それは帝国ではもちろんのこと、実は皇国でも広く知られている。

二年前までフィアリス選帝侯家では、そのご令嬢のために皇国の高位の治癒術師を専属の常駐《じょうちゅう》派遣で雇《やと》っていたので、詳細な報告書があるのだ——ただし、信頼度はあまり高くないので鵜呑《うの》みにしないように、との赤字で特筆された報告書だけど。

「では、ご令嬢個人ではなく、フィアリス選帝侯家を狙ってのことだと？」

「はい。……ご存じかもしれませんが、本来、義妹こそがフィアリス選帝侯家の跡取《あとと》りですので……」

「ああ……」

そのようなことが報告書に書いてあったな、と私はうなづいた。

信頼度は高くないとされていたけれど、さすがにそういう基本的なことまでは情報操作はしていなかったらしい。

報告書の内容の信頼度が低い——その正確性が疑われているのは、それを書いた専属の常駐派遣だった治癒術師が、フィアリス選帝侯家に仕える騎士《きし》と恋仲《こいなか》となり、還俗《げんぞく》手続き前に妊娠《にんしん》が発覚したという事件があったからだ。

（……わりと大問題だったんですよね、この件）

当時、二位司教だった私は、大聖堂の禁書庫で写本の特殊《とくしゅ》業務に就《つ》いていたのだけれど、あまり俗世《ぞくせい》に興味があるとは言えない禁書庫の職員達でさえその話題でもちきりだった。

（フィアリスに取り込まれてしまったとまで噂されていた……還俗せずに、懐妊《かいにん》した

ことを隠《かく》していたから）

件《くだん》の治癒術師は、ラドフィアの子でありながらラドフィアを裏切ったという烙印《らくいん》を押され、多額の賠償金《ばいしょうきん》と引《ひ》き換《か》えに、やっと正規の還俗を認められた。

破門にこそならなかったものの、本来、還俗してももらえるはずの年金などの権利を一切《いっさい》失っている。

（――私には考えられません）

三位以上の司教ならば、聖堂において重んじられ、ほどほどの義務はあれど自由も多い立場だ。しかも、老後の年金も充分《じゅうぶん》で安定した暮らしが約束されている。それをどうして捨てる気になったのか、私にはわからない。

聖職者にとって、婚姻《こんいん》するということはラドフィアの恩寵《おんちょう》を失うことだ。

それはラドフィアの子ではなくなるということであり、治癒術が使えなくなるということでもある。

――それは、聖職者として生きてきたこれまでのすべてを捨てることに等しいと言えるのでは？

それほどまでに相手が好きでどうしようもないのだったら、正規の手順を踏んで還俗すればいい。

でも、彼女はそれをしなかった。

（恋《こい》に堕《お》ちたのだ、と誰かが言ってたっけ…………）

他の誰かは、男のために教団の情報を流し、その男を繋《つな》ぎとめるためにラドフィアの聖痕を失えなかったのではないか？　とも言っていた。

『グレスはまだ子供だから、すべてを賭《か》けて恋をする気持ちはわからないわね』と言ったのは、ビビだった。

いつもの高飛車なご令嬢口調で言われたのならさすがの私も反発したし、怒《いか》りを覚えたかもしれないけれど、その時のビビの語調はどこか哀《かな》しげなものだったから、私は何も言えなかった。

（――ビビには、そういう経験があるのかもしれない…………）

あの時、そんな風に感じたことを頭の片隅《かたすみ》で思い出しながら、知っている情報を口にしてさらなる会話を続ける。

「確かご令嬢は、閣下の婚約者《こんやくしゃ》であると聞《き》き及《およ》びます」

「その通りです。私は、義妹と婚姻を結ぶことを前提にフィアリス選帝侯の地位を継《つ》いでいるので………」

将来はご令嬢と結婚し、彼女と閣下の子供が後を継ぐというわけだ。

帝国貴族は血統を重視するものだから、仕方のないことだろう。

「………いろいろ大変そうですね」

思わずそんな風に言ってしまった。

（………失敗した）

私は己の唇《くちびる》からこぼれてしまった言葉に後悔《こうかい》を覚える。そう思ったことは事実だけど、今の私と閣下の間柄《あいだがら》で口にするのは適切ではない。

でも、閣下は一瞬不思議そうな顔をして、それから苦笑《くしょう》を見せた。

その表情は取《と》り澄《す》ましたものではなく、少しだけ素をのぞかせたもののようにも思えた。

「ええ。……おっしゃる通りなのですが、そんな風に言われたのは初めてです。ちなみに、聖女様はどのあたりを大変そうだと思ったのですか？」

参考までにお聞かせください、と言う表情はだいぶ険しさがとれていた。

どうやら彼は私を聖女と呼ぶことにしたらしい。司教と呼ばれるよりもその方がマシかもしれない。

「………周囲にどうでもいいことをグダグダ言われそうなところです」

あまりに言葉を飾《かざ》らなすぎているなと思ったけど、これくらいは互いを理解しあうための雑談の一部だろうと開き直ることにした。

バレたら注意されるかもしれないけど、今の私には護衛もついていなければ付き添いもいない。目の前の人が黙《だま》っていれば大丈夫だ。

「ええ。ええ、本当にその通りです。…………それがおわかりになるということは、聖女様にもそういう経験がおありなのですね」

「ええ、まあ……」

私は、かなりの努力をして今の階位に上った自覚があるけれど、あまりの超速《ちょうそく》出世に、導師である法皇猊下《げいか》の贔屓《ひいき》だと言う人も多かった。

（もちろん引き立てていただいているし、運の良さもあるんですけどね。でも正直なところを言えば、一番は生まれながらの魔力《まりょく》の多さと精霊の加護のおかげだと思っています）

あと、ビビの存在が大きい。

私に取《と》り憑《つ》いている『帝国最高の淑女《しゅくじょ》を名乗るお嬢様幽霊《じょうさまゆうれい》』のビビは、聖堂で育っただけでは決して手に入れることができないさまざまな知識を惜《お》しみなく与《あた》えてくれた。

『知識は、誰にも奪うことができないあなただけの財産よ』と言ったビビの言葉が、今の私を形づくる大きな指針なのだ。

聖堂で暮らしていると毎日必ずある奉仕《ほうし》の時間は、皆の嫌がる写本や、図書館や文書庫の整理を率先《そっせん》してやった。

自分の階位では閲覧《えつらん》を許されない文書も、写本の時間ならば堂々と読むことができる
――それに気付いた瞬間から、写本は古《いにしえ》の叡智《えいち》の欠片《かけら》に触《ふ》れる時間になったし、趣《しゅ》味《み》の魔術《まじゅつ》の研究にもとても有意義だった。

字が上手になり、写本が丁寧《ていねい》だと褒《ほ》められて、禁書庫での作業も任されるようになった

頃、私の頭の中にはさまざまな魔術に関しての知識がたくさん詰め込まれていた。

（………それをずるいって言う人がいるんですよね）

彼らは私の努力を見ない。

ただ結果だけを見てずるい、と。贔屓をされているのだと言う。

それは、ただのやっかみ——嫉妬《しっと》だ。

聞くに堪《た》えないような下劣《げれつ》な罵声《ばせい》を口にして、私に加護をくれている精霊を怒《おこ》らせた人もいるし、私への嫉妬で目を曇《くも》らせて自分の御技《スキル》を台無しにしたり、ラドフィアの恩寵を失った人もいる。

思い出すとあんまりにも面白《おもしろ》くない記憶《きおく》ばかりが甦《よみがえ》ってきたので、私は話を元に戻《もど》そうと口を開いた。

「………閣下は、精霊魔法の御技《スキル》を持つことが必須《ひっす》で………可能なら四元素の精霊魔法技能、あるいは精霊の加護を持つことや治療《ちりょう》に多大な適性を持つ水系統であればなお良し、という条件を出したと聞きました。——他にも、容姿などにこと細かな条件をつけた、と」

最初に聞いた時は、誰かを探しているのだろうか？　と思った。

さりげなさを装《よそお》ってそれらしい理由をつけてはいたけれど、具体的に想定する人物像がかなり明確だったから。それこそが、私がこの仕事は〝身代わり〟なのではないかと察したゆえんである。

「その通りです。…………最初は、そんな人間はいないと言われました」

「私は、そちらの出した条件を一番充《み》たしているのですが、当時はまだ成人していなかったため候補にもあがっていませんでした」

本当は猊下が反対していただけなんだけど、それはもちろん内緒《ないしょ》だ。

（本当だったらフィアリス選帝侯家への派遣自体を突《つ》っぱねたかったですし）

感情的にはそうであっても、それが許されない台所事情により、今、私がここにいる。

「……私達は、成人していることを条件にはしませんでしたが？」

「基本、皇国は成人していない子供を国外には出しません。私はいろいろと特例なのです。とはいえ、これまでは必ず十分な護衛がついておりましたから心配したことは一度もありません。ですが、閣下は護衛を許さないばかりか、むしろこちらに護衛役をも負わせるのですから……」

「それは申し訳なかったと思いますが…………」

閣下の口元が緩《ゆる》やかな弧《こ》を描《えが》く。

たぶん、物怖《ものお》じしないでずけずけと言う私を面白がっているか、物珍《ものめずら》しく思っているのだろう。

「全然申し訳なさそうには聞こえません――そもそも、フィアリス選帝侯家は皇国に対し不義理をなさいました。また同じことが起こるかもしれませんのに…………。最初に申し上げておきますが、今回の一件は特例中の特例です」

次も許されると思うなよ、という意味をこっそり言葉の裏に忍《しの》ばせておいたが、たぶん閣下には伝わっていない。

「二年前の件は、こちらも随分《ずいぶん》と謝罪を重ねさせていただいたと思うのですが……」

具体的には、最終的に皇国の年間歳入《さいにゅう》のおよそ半分の賠償金をいただいた。あの賠償金は冷害の時の炊《た》き出《だ》しに充《あ》てられ、多くの人の生命を救ってくれた。

それ自体はとても助かったと思っている。ただ、そのこととこれはまた別の話だ。

「そうですけど、謝罪をすれば許されるわけではありませんし、警戒は必要です………私は、何かあったら相手を天の国に送りつけてすぐに戻ってきなさいと言われています」

これは、意訳すると、『相手をぶち殺して逃《に》げておいで』ということである。ちなみに発言者は法皇猊下だ。

そこで閣下は、もう耐《た》えきれないという表情の後、くつくつと弾《はじ》かれたように笑い出した。

「…………し、失礼。…………いえ、こちらも貴女が身の危険を感じた時、我が国の者に何をしても咎《とが》めぬよう――たとえ生命を失うことがあったとしても、皇国にも貴女にも一切、異《い》を唱えぬよう誓約《せいやく》させられています――前科があるものですから」

「良かった…………」

この『良かった』は、それをこの方が……選帝侯ご本人がご存じなのであれば、間違いは起こるまいという安心から出たのではなく、それなら何をしても問題ないな、という安堵《あんど》の意味だ。

（私は、年金を失うような愚《ぐ》はおかしませんし、泣《な》き寝入《ねい》りする女でもないのです！）

「ご安心を。成人したばかりの聖女様に手を出すような不埒者《ふらちもの》は、私が必ずやこの剣《けん》の錆《さび》にいたしましょう」

トン、と閣下は馬車の内だというのに佩《は》いたままの細身の剣の柄頭《つかがしら》を軽く叩《たた》いた。

私は閣下のすべてを信じられるとは思っていないけれど、不思議とその言葉は信じられるような気がした。

「ありがとうございます。……私もいざという時は実力行使を躊躇《ためら》わないようにいたしますので！」

利《き》き手《て》を力強く握《にぎ》りしめた私の固《かた》い決意に、閣下は再び笑い出したけれど、その心の琴《きん》線《せん》に何が触れたのかわからない私は、首を傾げるだけだった。

「つまり、あの細かな条件は、姫君《ひめぎみ》の身代わりを探すための条件だったのですね？　……ということは、閣下は私に姫君の身代わりをさせたいのですか？」

　私の問いに、閣下はあっさりと同意した。

「はい。………誤解してもらっては困るのですが、最初にそれを考えたのは義妹本人です。私達は身代わりをさせようとまでは思っていませんでした。ただ、義妹が並べる条件を見て、何か事があった時に、囮《おとり》になっていただくかもしれない……くらいは考えていましたが」

（最初に考えたのが義妹姫だったというのは、本当かもしれない）

　政治に携《たずさ》わる人達は感情を制御《せいぎょ》することがすごくお上手なのでわかりにくいが、わずかな声の感じで伝わるものはある。

「酷《ひど》い話だとお考えかもしれませんが、私だけでなく、帝国にとっても、義妹の身はそれだけ特別なのです」

「………存じております」

　酷い話だとは思わない。むしろ、当然だと思う。

それくらい、フィアリス選帝侯家という家が……その家の血統が持つ固有魔法が帝国においては特別なのだ。

「言い訳になるかもしれませんが、護衛になれるほどの腕を持つことを条件にしたのは、私達の誠意です……それだけの腕があればご自身の身を守ることもできるだろうと考えました」

「もしもの時には自分の身は自分で守ってくれ、ということですね？」

「はい。義妹と間違えられて害されるようなことがあってはいけないと思いましたので。それに、これだけ細かな条件をつけたのです。派遣されてくる方はかなりの高位だろうとも思いました。そのような方に何かあったら、今度こそ我が国と皇国との間に戦《いくさ》が勃発《ぼっぱつ》しかねません」

何を考えているのかよくわからない穏《おだ》やかな表情で、わりと不穏《ふおん》なことを口にしている閣下をちらりと見て、私は己の考えをまとめる。

（嘘を言っているようには聞こえないけれど………でも、完全にすべてが本当かというと、何か違うような気がする………）

つまるところ、私は目の前の人を心底信じることができない。こういう時の私の勘《かん》は当たるのだ。

でも、これは、閣下の方も同じだと思う。

お互い、まだそれほど深く知り合ったわけではない。

悪い印象が少しずつ払拭《ふっしょく》されつつあるけれど、巨大《きょだい》なマイナスが多少のマイナスになった程度でまだまだだ。

現状、そこそこ多く見積もっても、まだゼロ地点にすら立っていない。

「ですが……」

閣下は、困った風にも見える表情で続けた。

「……当方の事情が変わりました」

そうなのだろうな、と半ば予測していた私はそのまま話を聞く。

「聖女様は、なぜ義妹のために我々が治癒術師兼《けん》護衛を望んだかご存じですか？」

「成人のお披露目《ひろめ》があるからだと聞きました」

「そうです。本来であれば昨年お披露目をしたかったのですが、なにぶん、義妹の体調がそれを許しませんでした。ずっとついていてくれた治癒術師もおりませんでしたし……」

（……それは自業自得《じごうじとく》ですね！）

私は答える代わりにただ微笑《ほほえ》んだ。

「並はずれて内気な義妹は、帝都でお披露目をしなければならないというだけで負担を感じたのか、さらに体調を悪化させたので、私達は彼女の十五歳でのお披露目を諦《あきら》めました」

「必ず十五歳でしなければいけないというわけではないですし……お身体が弱いという事情があるのですから、特に問題ないのでは？」

一般的に成人年齢は十五歳から二十歳《はたち》くらいまでとされている。

皇国では、導師が成人するに足る能力があると認め、教団の審査《しんさ》に合格しないと成人できないので、私のように十五歳で成人する者もいれば、二十歳を過ぎてまだ成人できない者もいる。

だが近年、帝国では成人年齢が早まっているそうだ。

特に貴族階級ではその傾向《けいこう》が顕著《けんちょ》で、さまざまな政治的思惑《おもわく》もあってか、男女ともに十五歳で成人するというのがほぼ慣例となりつつあるらしい。

とはいえ、事情があることなのだから、何歳《なんさい》か延期したとしても構わないと思う。

（まあ、延期すると妙《みょう》な噂になるんだろうけど……でも、ご令嬢は閣下との婚姻が決まっているのだから、多少噂になったところで別に問題ないのでは？）

今更一年も二年も変わるまい、と思うのは、私が部外者だからなのだろうか？

「義妹の身体の弱さはよく知られているので、一年は何とか延期できました。ですが、二年は無理です。今年はどうしても成人してもらわねばならなかった」

閣下の口調にどこか諦めのような……あるいは、多少の投げやりな響《ひび》きが入りまじる。

「だから、新たな治癒術師の派遣を要請《ようせい》したのですか？」

「はい。厳しい条件が多かったのは、さっきも言いましたが、義妹がわがままを言ったせいです……彼女は、派遣されてくる治癒術師が自分と背格好のよく似た同年代の少女であれば、それを身代わりにして自分は表舞台に立たずにいられると考えたようです。ですが、皇国側の承諾《しょうだく》がなかなか得られず待ちきれなくなったのか、――彼女は不祥事《ふしょうじ》を起こしました」

「不祥事？」

閣下は、そこでこほんと小さく咳払《せきばら》いし、息を整えてから幾分《いくぶん》声を潜《ひそ》めるようにして言った。

「……屋敷の使用人を唆《そそのか》して家出をしたのです。本人は駆《か》け落《お》ちと言っていましたがね」

（病弱で内気な少女が駆け落ち⁉　うわあ、それはない！　ありえません‼　というか、それって大醜聞《だいしゅうぶん》なのでは？）

思わずポカンと間抜《まぬ》け面《づら》になっていることに気付いて、私は慌てて顔を引きしめた。ほんと、ヴェールがあって良かったと思う。

「あの…………それで？」

この方、そんな醜聞を私に話していいのだろうか？

「連れ戻したはいいのですが、その……とても人前には出せないのですよ…………」

「えーと…………というのは？」

「懐妊したなどの事実はありませんが、人の口に戸は立てられませんので、そういった噂をたてられてもおかしくはない。身体も虚弱ですが、あの子は心も虚弱です……とても公《おおやけ》の場など耐えられないでしょう」

物は言いようだな、と思う。

懐妊しているかどうかとか、そのあたりは興味がないのでどうでもいい。

でも、家出の一件を聞き、それから閣下の口調を聞いていると、これまで聞いていた『虚弱』というのが、すごく怪《あや》しく思えてくる。

選帝侯家のご令嬢ともあろう方が、ご自身の立場や地位をわきまえていないのだろうか？

（いや、一方的に決めつけるのは良くないな。もしかしたら、家出するほど追《お》い詰められていたのかもしれない）

一度はそんな風に考えたけど、私はすぐにそれを撤回《てっかい》した。

（いや、自ら駆け落ちなんて言ってしまうくらいだから、たぶん違う）

それはあまりにも軽率《けいそつ》すぎる。

私も人のことはあんまり言えない――――孤児院の子供達に甘くて、すぐに一緒《いっしょ》になって遊んでしまったりして、階位にそぐわないことを!!　とか、軽率です!!　と怒られることが多々あるから。

でも、彼女がしたことはそれとは全然次元の違う話だ。

「………そこにやってきたのが、私だったわけですね」

渡りに船というか、飛んで火に入る夏の虫というか………とりあえず、私にとってはあんまり良くない時機だった。

「そうです。本当はもう少し時間をおいて緩やかに皇国との関係を改善していきたかったのですが……」

そうは事情が許さなかった、というわけだ。

「つまり、私はご令嬢の『成人のお披露目』を代理として執《と》り行《おこな》う、ということでよろしいのですか？」

「そうです」

閣下は真面目な表情でうなづく。

「では、精霊の加護が必要な理由は？」

「義妹は『ヴィイ』の称号《しょうごう》を持ちます。『ヴィイ』がどういう意味かはご存じですか？」

「その家系の固有魔法の持ち主と聞いていますが………」

「そうなのですが、それは単なる結果なのです。…………『ヴィイ』というのは、別名を『精霊王の愛児《まなご》』という、精霊王の加護を得ている子のことを言います。精霊王の加護があるから、結果として固有魔法を持つのです」

「………つまり、フィアリス選帝侯家のご令嬢である閣下の義妹姫《いもうとひめ》は、水の精霊王の加護を持つのですね？」

「はい」

これ、普通なら秘匿《ひとく》されている情報なのでは？　と思ったけれど、口には出さなかった。皇国と帝国では情報の扱いにもいろいろ違いがあるのだろう。

「………であればご安心を。精霊王とまでは言えないかもしれないですが、私、精霊に好かれる体質らしくて、水の精霊のご加護もあります」

「それはありがたい！」

閣下の表情が目に見えて明るくなった。

「水の精霊の加護も、ということは他の精霊も？」

「はい。複数の精霊のご加護があります」

「それは生まれつきですか？」

「さあ………私、聖堂育ちの生粋《きっすい》のラドフィアの子なので」

これは孤児だってことを聖職者流の表現で言っている。

「……それは、大変失礼いたしました」

「いえいえ。――で、どうしても今年ご令嬢が成人しなければならない理由とは何ですか？」

私は話を元に戻した。

閣下の視線がわずかに揺《ゆ》れる。

「それは、我が家の事情になりますので…………と申し上げたいところなのですが、それでは聖女様は納得《なっとく》なさらないですよね」

「はい。……こうしてのんびり事情をおうかがいしているだけでも、特別だと思ってくださいませ。本来であれば契約違反《けいやくいはん》を言い立てて戻ってしまってもいいくらいです」

もちろんそれは最後の手段だ。ここまで内情を聞いてしまったのだから、多少は協力してもいいと思っている。

「それは………」

「正直に話してくだされば、悪いようにはいたしません」

私はにっこりと笑いかける。

もちろん、見えているはずがないけれど。

「…………精霊《せいれい》教会が、義妹を巫女姫《みこひめ》として教会で預かりたいと申し出てきたのです」

「不勉強で申し訳ありませんが、精霊教会の巫女姫というのは、精霊の加護を受けた妙《みょう》齢《れい》の女性を指すという認識《にんしき》で合っていますか？」

「ええ、合っています。……精霊魔法は、ラドフィア聖教ほど治癒の術には長《た》けておりません。ですが、治癒魔法は存在しています。帝都《ていと》の精霊教会の大司祭は治癒魔法に特化しており、多くの人々を救ってきました。能力ある者は、巫女姫として、その魔法を惜しみなく分け与えるべきであり、ついては教会で大切にお預かりさせていただきたく、と言うのです」

「………それにうなづけない理由は何なのでしょう？」

いろいろと虚弱で目が離せない義妹姫を下手に外に出すわけにいかないのはわかる。わかるけれど、精霊教会の巫女姫というのは貴族の姫君には素晴らしい箔《はく》がつく名誉職《めいよしょく》だ。断る理由なんてないはずだ。

「精霊教会と帝国上層部が対立しているからです。私達は宗教勢力に政《まつりごと》への口出しを許可しない。引きこもっていた義妹にはそういったことがわかりません。そのあたりをうまく処理できるほどあの子は世慣れていない……世間知らずなのです」

閣下は口元にやや自嘲《じちょう》めいた笑みを浮かべ、そしてニヤリと笑って続けた。

「――これ以上彼らに口出しされるくらいなら、帝国はラドフィア聖教と手を組みます」

「ラドフィアを政争に関わらせないで下さい。他国の政に口出しする気は一切ないので！」

私は手で大きな×を形づくり、間髪《かんはつ》入れずに言い放つ。自分達の争いに人んちを巻き込むな！　の気分だ。

精霊教会と宗教戦争なんてごめんだし、そもそもラドフィア聖教は他の宗教の存在やその信仰《しんこう》を認めている。

「そういうところが、ラドフィア聖教は好ましいのです」

何が楽しいのか、閣下はくすくすと面白そうに笑っている。

「…………報酬を倍にしていただけるのでしたら、閣下のお考えの通り、お約束の残りの期間、義妹姫の身代わりをしてもよろしいですよ」

私はぶすっとふてくされた口調で言った。

あと三億ベセル追加してね！　という遠回しな追加報酬要求である。

「…………倍？」

「はい」

とりあえずふっかけるだけふっかけとけ、と私に教えたのは交渉術《こうしょうじゅつ》の教師だ。

まずは様子見で軽く一発お見舞いして、その反応次第でこちらに有利に持っていくんだ、と彼は言った。

最初に到底叶《とうていかな》えられないような高望みの要望を投げつけ、そこから徐々に譲歩したフリを見せ最終的に本来の希望を通せるように頑張《がんば》れ！　という手法だ。

なのに、閣下は見たことがないような晴れやかな顔をして言ったのだ。

「三倍出しましょう」

「はい？」

私は思わず耳を疑ってしまった。

だって倍ですらふっかけすぎたなって思っていたのに、それが三倍に増やされていたから。

（…………待って。え？　それって六億ベセル追加ってこと？　え？）

「私は貴女の年代で貴女より聡明《そうめい》な少女を知らない。私と対等に話ができ、忍耐強《にんたいづよ》く、かつ挑発《ちょうはつ》には乗らぬ冷静さを持ちながらも、決して泣き寝入りはしない…………完璧《かんぺき》です。貴女ならば精霊教会の者が何か仕掛けてきたとしても、言質《げんち》を与えず臨機応変に立ち回ってくれるはずだ」

身代わりに最も相応《ふさわ》しいと太鼓判《たいこばん》を押されてしまった。

「……その前に、一つ条件があります」

「何ですか？」

「…………私はヴェールをとるつもりがありません」

「……と、言うと？」

何か理由があるのでしょう？　と閣下は目線で問う。

「私が身代わりを務めるのは、この馬車の移動を除くと実質的には残り三週間程度です。追加報酬付きで多少の延長に応じるのは吝《やぶさ》かではありませんが、来月半ば過ぎにはラドフィアの生誕祭という皇国にとって最大の行事が控《ひか》えておりますので、それほど長くはおつきあいできません」

私の告げる言葉に閣下はうなづく。

「――実際問題としてその身代わり期間中、私はお披露目の夜会だけでずっとお邸に引きこもっていられるわけではありませんよね？」

「ええ。……それでしたら、わざわざ貴女に依頼する意味がない」

お披露目の夜会だけでいいのであれば、正直私は必要ない。一晩限りの身代わりならばハリボテでも何とかなる。選帝侯家ならば十分用意できるだろう。

「で、あれば尚更《なおさら》です。三週間もの間、ずっと顔を晒《さら》せば覚えられてしまいます。これ以後、本物のご令嬢がご領地でずっと引きこもっていられるわけではないですから、いつか帝都にお出《い》でになることもあるでしょう？　その時に別人とわかったら困りますよね？」

「それはそうです」

「ご令嬢は並はずれて内気な方なのですよね？　ならば、ヴェールをしていても問題はないと思うのです。……それに、これを機にヴェールをしていることが周囲に受け入れられれば、この先他の人でも身代わりを務めやすいですよね」

「ええ……確かに……」

閣下が少し考えるような表情をする。この提案が理にかなっていることを理解している顔だ。

「多少噂にはなるかもしれませんが、ご令嬢は良い条件の結婚相手を見つけなければならないわけではないので、顔を隠したところで問題ないと思うのです」

「ええ、その通りです。……わかりました。ドレスに合わせて繊細《せんさい》なレース織のヴェールを仕立てさせましょう」

「よろしくお願いします」

私はほっとした。認識阻害《そがい》の呪《じゅ》は後から自分でつければいい。

仕事とあれば顔を晒すこともあるだろうとは思ってきたけれど、でもやっぱり人前でヴェールを外すのはちょっと抵抗《ていこう》がある。

(六億ベセルの追加報酬のためですから、必要とあれば仕方ありませんが…………)

取らずに済むならそれにこしたことはない。

「あとは何が必要ですか？」

「………目的地に着くまで、可能な限りご令嬢のことを話してくださいませ」

やるとなれば完璧に身代わりを務め上げてみせましょう！　という気分で私はぐっと手を握りしめる。

あわよくば、ここで『最高の身代わり』っぷりを印象づけ、今後も派遣依頼があるようにしたい。

(金払《かねばら》いの良い顧客《こきゃく》は大歓迎《だいかんげい》です！)

多少の経緯《けいい》くらいは、多額の現金報酬を前にしたら水に流せる。水に流せないような出来事があったとしたら、それはもう何をどうしても許せないから無駄《むだ》な努力はしないほうがいい。

「話せ、と言われても…………義妹は領地暮らし、私は帝都暮らしなので、実はそれほど多くを知っているわけではないのですよ」

（…………あ、これ、仕事を言い訳に婚約者を放置してるタイプですね）

そのせいで義妹姫は自棄《やけ》になったのかもしれない。本当のことは本人にしかわからないけれど。

「まずはお名前を教えてください」

「…………義妹のですか？」

「はい」

「リルフィアです。リルフィア・レヴェナ＝ヴィイ＝アルフェリア・フィアリス」

「…………アルフェリア？」

聞き覚えのある姓に私は軽く首を傾げた。

「義妹の母はアルフェリア選帝侯家から嫁《とつ》いだ方だったので――――アルフェリア選帝侯家は、三年前、老侯がお亡《な》くなりになって以降、後継者《こうけいしゃ》がいません。義妹が成人したら、正式に引き継ぐことになっていて…………どちらにせよ、管理するのは私ですが」

閣下が親切に説明してくれるけれど、私がひっかかったのはそこではない。

（……アルフェリアって、ビビの実家だ！）

いつだったかビビからは断絶してしまったとだけ聞いていたのだけれど、なるほど、この方の義妹姫とビビは血縁《けつえん》関係にあるのか……と思ったら、何だか親近感が湧いた。具体的に言うならば、やや積極的に協力してあげてもいいかなという気になったのだ。

（でも、話に聞いているだけだと、閣下の義妹姫ってビビと血縁関係にあるとは思えないご令嬢だな……）

私は頭の中で知っている範囲《はんい》の系図を思い描いてみる。

閣下と義妹姫は、確か本来だと従兄妹《いとこ》同士になるのだ。

義妹姫の父親の異母弟《いぼてい》が閣下のお父上で、義妹姫が幼い時にご両親が亡くなったために彼女を次の選帝侯として健《すこ》やかに養育することを条件に、中継《なかつ》ぎの選帝侯として後を継いだ。

で、年齢的に考えると義妹姫の母親の妹、あるいは母親の兄弟の娘がビビなのだと思う。

私と出会った時、ビビはまだ幽霊になってそれほど経《た》っていないと聞いた覚えがあるから。

（細かいところがわからないけど…………ビビが義妹姫の従姉妹《いとこ》か叔母《おば》だったら、結構、血縁が近いな）

ビビは、自分のことを『完璧な淑女』と言って高笑いする幽霊令嬢なのだけど、完璧と自称《じしょう》するだけのことはある。

普通の令嬢的な知識や教養はもちろんのこと、帝国のみならず周辺諸国の政治経済から産業構造に至るまでの広範囲な知識を持つだけでなく、それらを活《い》かすこともできるのだ。

たぶんビビは、後継《あとつ》ぎかそれに類する立場として育てられていたのだろう。

ここ数年の皇国における改革のうちの幾つかは私とビビの共同作業の結果で、私はその広い知識と深い見識に何度も助けられた。

ヴォリュート帝国は、女性であっても候位や爵位《しゃくい》を継げるし、帝位《ていい》にも就ける実力主義の国だ。

ビビがもし生きていたら、きっと素晴らしい選帝侯になっただろう――その導きで、彼女の何分の一かの知識と見識を自分のものにしている私にはそれがわかる。

（………もったいないなぁ）

いつもビビと一緒で……だからこそたくさん助けてもらっているくせに、こうして折あるごとにビビが死者であることを残念に思ってしまう。

私は、少ししんみりした気分になってしまったのを振り払うように小さく頭《かぶり》を振り、気分を切《き》り替《か》えてあえて明るい声で閣下に尋《たず》ねた。

「……閣下は、義妹姫のことを何と呼んでらっしゃるんですか？」

「それは………」

口を開きかけた閣下は答えようとして、はた、と動きを止めた。

(あ、これ、心当たりがないっていう顔ですね)

地雷《じらい》を踏んでしまったことに気付いて、溜め息を一つつく。

「………閣下?」

しばらくの沈黙に耐えかねて、私は回答を促《うなが》した。

「………愛称《あいしょう》を呼んでいます。レヴェナからとって、レナと」

そのやや苦しげな表情で内情がたやすくうかがい知れる。

(あんまり呼んでいないか……もしくはほとんど呼ぶ機会がないのか……)

「………普通は、リルフィアからとりませんか?」

「そうなのですが、彼女がレナという呼び方に馴染《なじ》んでいるので、そう呼ばないと返事を忘れるんです」

「………そうですか」

何とも言えない微妙《びみょう》な回答だった。どう返せばいいのかわからなかったので、さっと流して話を先に進める。

「では、本物の義妹姫と間違えぬように、私のことはリルと呼んでください。私は閣下のことを『お義兄様《にいさま》』とお呼びしますので」

「わかりました」

ろう。
閣下は素直《すなお》にうなづく。たぶん、閣下としてもこの話は長く続けたいものではないのだ
「あとは………」
それから、二人で必要と思われることを一つ一つ確認《かくにん》しあった。
こうして認識をすりあわせることはとても大事だ。こういう細かな事前準備こそが滞《とどこお》
りなく仕事を終わらせる原動力となる。
「……ああ、大事なことをおうかがいするのを忘れていました。……私が身代わりだとご
存じなのは、あとどなたですか？」
「私と、今この馬車の御者《ぎょしゃ》を務めているクラウスだけです。クラウスの口の堅さに関して
は問題ありません。私の護衛を兼《か》ねた従者で……忠義に厚い男です」
私は馬車の乗り降りのたびに手を貸してくれ、他国の聖職者であろうとも丁寧に気遣《きづか》っ
てくれた御者を脳裏《のうり》に思い浮かべる。
四十前後と思われる中年の男性は、元はおそらく軍人と思われるキビキビとした身のこ
なしでとても寡黙《かもく》だ。閣下の護衛ということは、元ではなく現役《げんえき》の軍人なのかもしれない。
正直なところ、閣下よりよほど好感を持っている人だ。
「そうではなくて、他にもいますよね？」
私の追及《ついきゅう》に、閣下が訝《いぶか》しげに眉《まゆ》を顰《ひそ》める。

「いいえ。私達の秘密を知る者は少なければ少ないほど良いですから……あとは、義妹本人と彼女の乳母《うば》は、貴女と会えば貴女が身代わりだとわかるかもしれませんが……」

とりあえず今はまだ貴女の存在ごと知りませんね、と閣下は言う。どうやら余計なことは知らせない方針らしい。

（そりゃあ、そうですよね……）

義妹姫にしてみれば、自分以外が自分の名を名乗っていれば、身代わりだと思うのは当然だ。

（それとも、私を偽者《にせもの》って言うかしら？）

でも、共有が本人と乳母だけ、というのは随分と少ないな、と思う。義妹姫の周囲の人間は気付かないものなのだろうか？

（……ほぼ軟禁《なんきん》状態とか、そういうことなのかしら？）

限られた人間にしか会わせないようにしていれば、そうできるのかもしれない。

（その場合は、義妹姫の家出が別の意味を持つような……？）

いや、そのへんを突っ込むのはやめよう、と私は心の中で決めた。

藪《やぶ》をつついて蛇《へび》が出てきてしまったら困る。それより今は――。

「違います。私が言っているのはそうではなくて……もっと、他の人です。……そう、この計画をあなたと一緒にたてた誰か――あなたが、自分と同一視するような……『私達』とあなたが言う相手のことです………」

私はにっこりと、彼には見えていない笑みを浮かべる。

閣下は驚愕《きょうがく》の表情で私を見て、それから、静かに笑った。

強い意志を感じさせるその笑みは、一周回っていっそ無邪気《むじゃき》にも見える不思議な明るさを感じさせた。

「本当に貴女は素晴らしい………ええ、そうです。この秘密を知っている方が、もう一人」

どこか歌うような口調のまま、とても楽しそうに彼は私に尋ねた。

「――察しの良い貴女なら、もうわかっているのでは?」

「推測はしています。……でも、確証はない。私がそう思っただけでただの勘にすぎません。だから、教えてください」

これ、とっても大事なことなんですから、と私は付け加える。

「我が国の皇帝陛下《こうてい》――現帝レクター・ラディール陛下が、ご存じです」

レクター・ラディール＝ヴィイ＝フェイエール・ヴォリュート――帝国の南方を治めるフェイエール選帝侯家から出た、焔《ほのお》の精霊王の申し子と言われる現在の皇帝陛下。

その名前に、ドクンと鼓動《こどう》が一度大きく跳《は》ねた。

くすぐったいような痺《しび》れが全身に広がって、指先がムズムズするような感触《かんしょく》がある。

（――あ…………）

「……どうしましたか？　聖女様」

私の方を不思議そうに見る眼差《まなざ》しの前で首を横に振る。

「いいえ、何でもありません」

自分の中にまるで溶《と》けるように広がったこの強い歓《よろこ》びの感情は、私のものではなかった。

けれど、どこか生々しく、錯覚《さっかく》を起こしてしまいそうにもなる。

（……ああ、そうか）

私は、あの運命の夜のビビとの約束を果たす日が、ついにやってきたことを悟《さと》った。

《幕間》法王猊下と枢機卿達 ――あるいは、孫の身を案じる爺と婆達

「――行ってしまいましたね」

あまり目立たぬよう華美《かび》でない装飾《そうしょく》を施《ほどこ》された馬車が、カラコロと音をたてて山道を下って行くのを見送った老人達は、それぞれに溜《た》め息《いき》をついた。

その聖なる衣《ころも》を見れば、彼らが枢機卿《すうききょう》という高位の聖職者であることがわかる。

奇妙《きみょう》なのは、ラドフィアの聖職者のトレードマークのように思われているヴェールを半数以上がつけていないことだったが、実は、三座と呼ばれる『法皇・枢機卿・大司教』の位にある者はヴェールをつけなくても咎《とが》められることがないのだ。

「あの子しか条件に合わぬとはいえ、一人で帝国《ていこく》の……それも、帝城《ていじょう》へなど行かせなければならないことに胸が痛みます」

「可愛《かわい》いグレスがあの野蛮《やばん》な国で一ヶ月も過ごすなど……」

「まあまあ、グレスなら何があっても元気に帰ってくるでしょうよ」

「レドラ枢機卿、あなたは楽観的すぎます！」

「いやいや、大概《たいがい》の人間はあの子に転がされて終わりですって！」

「いやいや、グレスは確かによく出来た子ですが、なにぶんまだ成人したばかりです。これは隠《かく》して供をつけるべきだったのでは？」

「帝国には忍《しの》ばせている者がほとんどいませんから、何とも動きにくくてですな……」

「――しかし、我らが父なるラドフィアは、どうしてあの娘《こ》にこんなにも大きな試練を与《あた》えるのでしょうか」

皆《みな》が口々に呟《つぶや》くのを聞きながら、現法皇ファドラ十二世を名乗ることを許されている老人は、深く息を吐《は》いた。

法皇の心の底から愛し子を案じているという表情……その憂《うれ》いを何とかして晴らしたいと思った枢機卿の一人が声をかけようとした瞬間《しゅんかん》、冷ややかな声が響《ひび》く。

「いいえ、大きな試練を与えたのはラドフィアではなく、貴方《あなた》ですよ、猊下《げいか》」

冷たく言い放ったのは、枢機卿団筆頭のフォルリ枢機卿――ファドラ法皇がその三重の冠《かんむり》をかぶる以前から……いや、枢機卿になる以前よりその地位に在《あ》る老女である。

法皇に慰《なぐさ》めの言葉をかけようとした者達は一斉《いっせい》に押し黙《だま》った。何しろ、フォルリ枢機卿の言うことはもっともだったので。

「…………」

法皇も反論しなかった。反論などすれば、鋭《するど》い舌鋒《ぜっぽう》に突《つ》き刺《さ》されて己《おのれ》が瀕死《ひんし》になることがわかっていた。

「貴方のつくった借金こそが、あの子が身売りをする原因になったのです」

「………いや、グレスは別に身売りをしたわけでは」

この場にいる枢機卿らの中で最も若年《じゃくねん》……今年、六十五歳になったばかりのレドラ枢機卿が思わずといった様子で口を挟《はさ》んだ。

「護衛もつけられず、ただ一人で帝国に行かねばならないことのどこが身売りではないんです？　レドラ。成人したばかりの十五歳の子供が、何をさせられるのかおまえは心配ではないんですか？　普通、治癒術師《ちゆじゅつし》を一ヶ月雇《やと》うだけで三億ベセルも払《はら》うわけないでしょう。三億ベセルですよ？」

「いや、その心配はごもっともですが、あれだけわんさか条件盛り込んだんですから、おかしなことにはならないでしょう。……相手はあのグレスですぞ？」

レドラの脳裏《のうり》には、見た目によらず行動的なグレーシアのこれまでの所業が次々と浮《う》かぶ。

好きな子イジメを拗《こじ》らせた年上の少年に対して行った三倍返しにはじまり、己にちょっかいをかけてきた者に対しては積極的に心理的外傷を植えつけてゆく――やりすぎを咎めれば、躾《しつけ》は最初が肝心《かんじん》では？　と可愛らしく首を傾《かし》げられたのでそれ以上は何も言えなかった。今ではグレスにちょっかいを出す者は一人もいない。

相手が誰《だれ》であれ、配慮《はいりょ》はすれど遠慮《えんりょ》はない。魔法《まほう》や魔術《まじゅつ》を愛し、マイペースに我が道を征《ゆ》く……ちょっとばかり、守銭奴《しゅせんど》の気があるのは自分達のせいかもしれないが、とにかく可愛くてとてもしっかりしているのだ。下手な心配はまったくもって無用である。

「そのグレスだから心配しているのです。おまえも、あの娘の素顔《すがお》は知っているでしょうに」

「フォルリ殿《どの》、確かに彼女の素顔は存じておりますが、あのグレスですぞ？」

己の顔を見慣れているせいなのか、グレーシアは容姿に重きを置かない。レドラの知る限り、最もハニートラップにひっかかる心配がないのがグレーシアなのだ。

「おまえの言うあのが何にかかるのかは知りませんが、あれの美貌《びぼう》は帝国人にとっても美しいと感じられるものでしょう。性格も概《おおむ》ね可愛らしいです――帝国の者がすべて野蛮人だとは言いませんが、それなりに克己心《こっきしん》がある者であってもあの娘の前ではそれが吹《ふ》き飛《と》ぶことでしょう」

おまえとて前例が幾《いく》つもあることは知っているでしょうに、とフォルリ枢機卿は顔を顰《しか》めた。

「ヴェールは外さないよう強く言い聞かせてありますし、過剰《かじょう》防衛が行きすぎても罰則《ばっそく》はないよう契約《けいやく》してございます」

「そういう問題ではありません。あれはまだ十五歳の少女なのですよ。……大人に甘えていても良い年齢《ねんれい》なのに、我々はあの細い肩《かた》にとんでもない重荷を背負わせてしまったのです」

「……まあ、まあ。フォルリ様、グレスのことです。案外けろっとやりとげてくるかもしれませんよ」

「そうですよ。案ずるより産むが易《やす》しとも言います。ここは一つ、成人したあの子に任せましょうよ」

「帝国の帝城は、精霊《せいれい》魔法によるさまざまな仕《し》掛《か》けがあるとか……グレスは案外、大喜びするかもしれませんね」

賢明《けんめい》な……というよりは、フォルリ枢機卿に怒《おこ》られることが最も多い法皇は、先ほどから沈黙《ちんもく》していた。

何をどう言おうが、フォルリ枢機卿に敵《かな》うとは思えなかった。雉《きじ》も鳴かなければ撃《う》たれずに済むのである。

「……おまえ達は、まったく反省していないようですね」

まるで呪《のろ》いの言葉を吐くかのような低い声が、その場に響いた。

「ま、まさか！」

「そんなことはありません‼」

いい年齢をした老人達が、一斉に姿勢を正した。

心の中に渦巻《うずま》くのは、「ヤバイ」「怒らせた！」という後悔《こうかい》の念である。

年齢不詳《ふしょう》。枢機卿団最年長の老女を恐《おそ》ろしく思わない者はいないのだ。

「………よろしい。グレスが戻《もど》るまで、我々もさらに金策に励《はげ》まねばなりません。さあ、おまえ達、選ばせてあげましょう――『ゼルギスの魔法書』『エリュネシウスの数秘術』『アプラスの古詩集』……好きなものを選びなさい」

フォルリの挙げたタイトルは、どれも写本をオークションに出せば高値間違《まちが》いなしの魔術書だ。ただし、高値間違いなしなだけあって、写本にはかなりの魔力《まりょく》と根気と労力が必要となる。

「――ノルマは一人、十冊ですよ」

老女はにっこりと笑った。

《第三章》 幽霊令嬢と皇帝陛下と私

帝都《ていと》リュトニアにあるというフィアリス選帝侯家《せんていこうけ》のお屋敷《やしき》が見えてきた時には、もうだいぶ日も暮れていた。

あと何分も経《た》たずに屋敷に到着《とうちゃく》してしまうというのに、馬車の中の私達は少々揉《も》めていた。

「私を義妹姫《いもうとひめ》の身代わりにするおつもりだったのなら、着替《きが》えも用意しておくべきだったのでは？」

帝都の水源たるティセリア湖のほとりにあるそのお屋敷は、それほど大きくはないそうだけど、当主が婚約者《こんやくしゃ》である義妹を連れての帰還《きかん》ともなれば、屋敷中の使用人三十人余りが勢揃《せいぞろ》いして出迎《でむか》えるという。

彼らの前に、私がこのまま姿を現すのはまずいということに気がついてしまったのだ。

「ええ。確かに………というか、というか、正直こんなにすんなりと協力してもらえるとは思っていなかったというか………」

閣下《かっか》は言葉を濁《にご》しているけれど、そこまで考えていなかっただけだと思う。

「………こういうの、別料金ですからね」

身代わりの仕事はもうはじまっている。

その第一段階として、私はリルフィア姫としてお屋敷に到着しなければならない――。

「ええ、もちろんです。………何とかなりますか？」

どうしたらいいのか？　と必死で考える私を見ながら、閣下がどこか楽しげに笑う。

「………別料金って言われて嬉《うれ》しいですか？」

「いえ、そうではなくて、何も知らなかったはずの貴女《あなた》が協力的なのが面白《おもしろ》いな、と思ってしまいまして……」

「破格の報酬《ほうしゅう》をいただくのですから、できる限りの協力はいたします。さしあたっては……コレをどうにかしないといけないわけで………」

私は光沢《こうたく》のある黒い天鵞絨《ビロード》の外套《がいとう》の裾《すそ》を摘《つ》まみあげる。

金糸で複雑な紋様《もんよう》が丁寧《ていねい》に縫《ぬ》い取《と》られたもので、表だけでなく裏地にも魔法陣《まほうじん》が仕込まれた特別な品だ。

私にとって誇《ほこ》りでありささやかな自慢《じまん》であり、そして、身に馴染《なじ》んだ防具でもある。が、これを着ている限り、私はラドフィアの聖職者以外の何者でもないので、身代わりの衣《い》装《しょう》としてはとってもそぐわない。

「……閣下は、外套か何か……上に羽織るものを持っていらっしゃいますか？」

「ああ、これで良ければ………」

飾《かざ》り気《け》のない灰色の外套を手渡《てわた》された私は、自分の上に重ねてそれを羽織った。

それでも私にはぶかぶかで、ちょこんと指先だけがかろうじて出る程度。とても人前に出る格好ではない。

「一応は隠《かく》れますね。………では、馬車を降りる時に、私を抱《だ》き上《あ》げていただく、というのはいかがでしょうか？　お義兄様《にいさま》」

あえてお義兄様と呼んでみた。

「は？」

閣下は、何を言われたのかわからない、という顔をした。

「馬車の中で眠《ねむ》ってしまった義妹を運ぶだけ、という設定でお屋敷に入るのです。……それならば、私がお義兄様の外套にくるまれていてもおかしくないでしょう？　しかも、仲良し義兄妹《きょうだい》アピールもできますので一石二鳥です」

「………それは、必要なことですか？」

「はい」

「………どうしても？」

「別に冷え込む季節でも何でもないのに、お義兄様のぶかぶかな外套を着た私が馬車から降りてきたのを見たら、使用人達はおかしく思いませんか？」

「たぶん、思うでしょうね。――下手をしたら誤解を招きます」

閣下はそれは面倒臭《めんどうくさ》いな、という表情をした。

「誤解？　――であれば、この祭服のまま降りた方が良《い》いですか？　ここは帝国《ていこく》ですし、ラドフィアの聖職者の祭服を知らない人も多いかもしれませんが……でも、やはり万が一の用心は必要だと思うのですが？」

「もちろんそうです。……ええ、わかりました」

苦虫を噛《か》み潰《つぶ》したような顔で、何かを決心したように閣下は小さく溜《た》め息《いき》をついた。

わりと名案だと思うのに、なぜここまで渋られるのだろうか？　と私は不思議に思う。

「聖女……いえ、リルフィア。……世間というのは、とかく火のないところに煙《けむり》を立てたがるものです。…………私に抱き上げられて貴女が降りてきたら、車内でいかがわしいことをしていたと噂《うわさ》する者がいるかもしれません」

「いかがわしいこと？　……ああ、そういえば帝国貴族のご令嬢の基準だと、成人した男性と二人きりで馬車に乗っただけで貞操《ていそう》を疑われるそうですね。……でも、そういう意味ではもう今更《いまさら》では？」

すでに五日も二人きりで馬車に乗っているのだ。

それを私がさらりと指摘《してき》すると、閣下の顔色が目に見えて青白くなった。

「……その……そんな風に言われるのは大変遺憾《いかん》な話なのですが、そうとられかねないことは確かです」

もしかして、今までまったく気付いていなかったのだろうか？

ここで、来たー！　と思ってしまうのは、ビビの教育の成果だ。

ビビは私のすべてを報酬にかえていく主義にあまりいい顔はしないのだけれど、機会を無駄にせず最大限に活用するようにと教えてくれた。

「………私としては大変な不名誉《ふめいよ》、になりますね」

私は傷ついたようなそぶりでそっと目を伏《ふ》せる。

「申し訳ありません。配慮《はいりょ》に欠けていました」

「いえ、それについては閣下の誠意を、追加報酬として反映していただけると嬉しいです」

私は小さく首を振《ふ》って、控《ひか》えめに希望を述べた。

「……それで良いのですか？　貴女の名誉《めいよ》が傷つけられたというのに金で補いをつけるなんて」

閣下は私の代替案に何やら憤《いきどお》りを覚えたらしい。

「私は別に縁談《えんだん》があるとかそういう身の上ではないですし………」

帝国と違《ちが》い、皇国では絶対にそんなことを疑われたりはしない。

つまり、この場合疑われるのは閣下とリルフィア姫であって、私個人にはまったく問題がないのだ。

そのことに閣下は気付いていないようなので黙っておくことにした。

「それに、閣下とリルフィア姫の間柄《あいだがら》でしたら、万が一そうなったとしても問題はないのでは？　婚約者同士ですよね？」

「いや、淑女《しゅくじょ》としてのリルフィアの名誉に傷がつきます」

「……お言葉を返すようですが、そもそも、そんな風に誤解する使用人達であることが問題ですし、それが外に漏《も》れるというのならば使用人の躾《しつけ》がなっていないのでは？」

「おっしゃる通りではあるのですが………」

「……ああ、では、私の具合が悪くなったことにしましょうか？　それなら、さほど噂にはならないのでは？」

リルフィア姫は身体《からだ》が弱いのだから、多少仮病《けびょう》を使ったところで問題はない。

「……なるほど、そうですね。それがいい」

閣下はようやく安心したように、何度もうなづいた。

『………ふ～ん、やっぱりただ者じゃなかったわけだ』

仮病を使ったおかげで使用人全員の前で挨拶《あいさつ》をしなくて済んだのは、とっても助かった。あと、閣下がうまく誤魔化《ごまか》してくれたおかげでそのまま寝台《しんだい》に潜《もぐ》り込めたのも。

「ところでビビは、どこかで閣下を見た覚えとかなかったの？」

選帝侯家のご令嬢だったビビだ。同じ選帝侯家の子供である閣下とどこかしらで面識があってもおかしくはないはずだ。

『彼はフィアリス選帝侯家の正統嫡流《ちゃくりゅう》じゃないのよ。詳細《しょうさい》はわからないけれど、たぶん傍系《ぼうけい》ね。私が生きている時はフィアリス選帝侯家は代替《だいが》わりしたばかりの当主夫妻がいただけよ………子供ができたとかできないとかそういう話はあったような気がするけど、貴族の家の子供って洗礼を受けるまでは数のうちに入らないから、正式な記録にはないわ。ただ、娘《むすめ》が一人いたことがわかっていて……たぶんそれが、あなたが身代わりを務めるリルフィア姫ね』

ビビの声音《こわね》には面白がっている響《ひび》きが含《ふく》まれている。

「ふ～ん」

寝台の帳《とばり》にそって防音の呪《じゅ》をかけ、久しぶりにビビと普通《ふつう》におしゃべりする。

同年代の友達が一人もいない私にはとても楽しいひとときだ――――ここが、他国で心底安心できない場所であったとしても。

『……それにしても身代わりねぇ……いったい全体、なんでそんな愉快《ゆかい》なことになっちゃったの？』

ふわふわと浮《う》いているビビが笑う。

「んー、まあ、端的《たんてき》に言うと全部、大聖堂のためなんだけど……………」

『待って。もしかしてまたお金を積まれたわね？　もう～、グレス、あなたお金に弱すぎよ！　幾《いく》ら積まれたの？　自分を安売りしちゃダメよ？』

「お金にはちょっと弱いけど、安売りなんてしていませんよ」

私は心外だ、という顔で言った。

「だってビビ。最低でも七億べセルの追加報酬なんですよ！　素晴《すば》らしくありませんか？」

『七億べセルの追加報酬ってことは、大聖堂問題が余裕《よゆう》で解決するってことね』

「はい！　…………もちろん、無事、身代わりをやりとげれば!!　なので、徹底的《てっていてき》に頑張《がんば》りたいと…………何、笑ってるんです？　ビビ」

何がおかしいのか、ビビが笑いをこらえる表情でおなかのあたりを押さえている。

『……いえ、何でもないのよ、気にしないで』

「もちろん、ビビも協力してくれますよね？」

『ええ、いいわ。じゃあ、まずはお風呂《ふろ》に入るわよ』

「え？　お風呂？」

後でこっそり使おうとは思っていたけれど、今はまだビビとおしゃべりしていたい気分だったりもするのに。

『そうよ。だってグレス、今のうちに一人で入っておかないと侍女達《じじょ》が手伝いにやってくるわよ』

「え……帝国のお姫様って、一人じゃお風呂に入れないものなの？」

『そうよ。いろんなお手入れとかもあるから……。でも、あなたはまず、それを見られたら困るでしょう？』

それ、とビビが指し示したのは私の胸元《むなもと》だ。私の左胸からおなかの方にかけての左半身には、聖痕《せいこん》と呼ばれるラドフィアの聖職者の証《あかし》が刻まれている。

「確かに。……見られたら一発で身代わりだとバレますね」

何も知らない人には花の形の痣《あざ》のように見えるだろう。

本物のリルフィア姫にそんなものがないことは明らかなので、見られたら言い訳のしようがない。

『とりあえずお風呂には自分で入って、下着を身につけた状態で侍女を出迎えるくらいにしておかないとね』

「はぁーい」

正体がバレないようにする努力は何にも増して優先しなければならない。

下着はある。

（七億ベセルですからね！）

気の利《き》く閣下は、ちゃんと私のトランクも一緒《いっしょ》に部屋に運び込んでくれたので、新しい下着はある。

私は寝台から起き上がると脇《わき》の椅子《いす》の背に外したヴェールをかけ、サイドボードに外した手袋《てぶくろ》を置き、ワンピースやペチコートなどを脱《ぬ》いで椅子の上にかけてゆく。

身軽な下着姿のままで寝台から降りると、ベッドサイドに揃《そろ》えてあった室内履《ば》きに足を入れた。空色のシルクサテンに白い小花の刺繍《ししゅう》がされた室内履きはものすごく可愛《かわい》くて、履《は》いているだけで気分が浮き立つ。

（……これ、孤児院《こじいん》の手仕事にいいのでは？）

孤児院では、男女ともに器用な者は縫製《ほうせい》技術も刺繍技術も身につけている。

私は魔術《まじゅつ》方面に特化して自分を鍛《きた》えたので職人になれるほどではないけれど、それなりの技術は身につけているから、これがそれほど技術を必要とする刺繍ではないことがわかる。

（ちょっとした吉祥《きっしょう》模様なんかを刺繍した小物類とか…………さりげなく魔術効果のある紋様とかだったら、下町でも人気出そう…………）

『ちょっと、グレス。また何か怪《あや》しいこと考えてるでしょう？』

「え？　怪しくなんかありませんよ。ただ、孤児院の手仕事について考えていただけで」

『金儲《かねもう》けのことから離《はな》れなさい。……じゃないと、せっかくの高額報酬を逃《のが》すわよ』

ビビの言葉に私ははっとした。

「そうでした。最優先は、リルフィア姫の身代わりをきっちり務めることです。そのためにはまず、明日の皇帝陛下との対面を完璧《かんぺき》にこなさなければ！」

『そういうこと。……対面の挨拶の文句や礼は覚えている？』

「だいたい覚えています。あとでちょっと帝国式の女性立礼のしぐさを確認《かくにん》してもらえますか？　あとビビ、衣装部屋ってどっちです？」

寝間着《ねまき》か部屋着が欲《ほ》しい。

ここがリルフィア姫の私室ならば、もちろん用意があるだろう。

右か左かを問うとビビは首を横に振った。

『わからないわ。水回りは寄せて作るのが基本だから、奇数室《きすうしつ》なら左側だし偶数室《ぐうすうしつ》なら右側なんだけど……。その逆側が衣装部屋なことが多いわね。改装とかしているとその限りじゃないわ』

「なら、片《かた》っ端《ぱし》から開ければいいってことですね！」

それはそれでちょっと楽しい。

私は加護の刺繍が山ほどされている下着姿のまま、衣装部屋を探して片っ端から扉《とびら》を開けていく。

一つ目の扉は専用の居間へと続いていて、二つ目は奥にバスタブのある化粧室《けしょうしつ》。なので、反対側の三つ目の扉を衣装部屋だと思って開けたけれど、そこは小さな書斎《しょさい》で、四つ目の扉こそが衣装部屋へと通じていた。

「おー、ありました」

淡《あわ》いペパーミントグリーンの漆喰《しっくい》の壁《かべ》と春の野を基調とした装飾《そうしょく》でまとめられた衣装部屋には、びっくりするくらい豪華《ごうか》なドレスがたくさんハンガーに吊《つ》られている。

「うわ、明日登城する時にはこういうの着るんですかね？」

『そうよ〜。初登城なら一級礼装だけど、昼間ってこととリルフィア姫の身分を考えると、今回は略礼装かしらね』

「…………ねえ、ビビ。皇帝陛下ってどんな人なのかしら？」

以前にも聞いたことを、あえて私は問うた。ビビが何かを隠しているような気がしていたからだ。

「…………さあ。またその話？　この間も話したけれど、今の皇帝陛下のことは本当に知らないのよ。それより、敵地に乗り込むんですから、充分《じゅうぶん》、防御《ぼうぎょ》の準備は整えておきなさいね。…………言っておくけど、『お義兄様』はアテにしちゃだめよ』

「はーい」

誤魔化された、と思った。でも、聞いてはいけないような気もしていた。

もしかしたら、ビビにも良くわかっていないのかもしれない。

『いい、選帝侯家の血筋っていうのはね、どれ一つとっても一筋縄なんかじゃいかないの。帝国は奪《うば》い征服《せいふく》することで千年帝国を築いた……皇国の永久中立なんていう理念はね、ただの寝言《ねごと》なのよ』

「寝言とは言い得て妙《みょう》ですね。眠れるラドフィアの寝言を理念とする国、ってちょっとうまいこと言ったみたいです」

『ごめん……皇国ジョークってよくわからないわ』

「まあ、ビビは帝国人ですからね！」

私は、一番簡素で一人でも着ることができそうな白い寝間着を選び、それからバスローブとバスタオルを発見して気分があがった。どっちも繊維《せんい》が全然へたっていないフカフカのものなのだ。手にしているだけで肌触りの良さがわかる。

選帝侯家のお姫様専用バスルームは、一人で入るのになんでこんなに広いんだ、と思ったけれど、何もかもが海のモチーフで作られていてとっても可愛かった。しかも、ほんのちょっとお願いするだけで精霊《せいれい》達がお湯を溜《た》めてくれるし、髪《かみ》を洗うのも手伝ってくれたし、乾《かわ》かしてもくれた。

それから、寝台でまたビビとおしゃべりしながら改めて明日の登城の作法の確認をしていたけれど、疲《つか》れが溜まっていたためかすぐに寝入ってしまった。

その後で侍女と一緒に閣下が訪ねて来たらしいけれど、私はまったく目覚めることなく朝を迎《むか》えることとなる。

たぶん閣下は、私が身代わりをちゃんと務められるのか相当気を揉んでいたと思うけど、私の方はそんなこととは露知らず、夢も見ずに眠っていたのだった。


（……おー、すごい、精霊達がそこかしこにいる）

翌日は、あらかじめ聞かされていたとおり、皇帝陛下に謁見《えっけん》するために帝城《ていじょう》へとあがった。

しかも！　閣下は私を迎えに来たせいで仕事が立て込んでいて付《つ》き添《そ》えない、と伝言だけ残してすでに登城済みである。

この仕打ちは婚約者としてはあまりにも薄情《はくじょう》すぎやしないだろうか？　慣れない帝都で、しかも初登城で、皇帝陛下との謁見なのに一人で登城させるとかアリなんだろうか？

ビビを問《と》い詰《つ》めたかったのに、今日に限ってビビはなかなか出てこない。

（精霊が多いせいで、出てこないのかな？）

視《み》えない人からすればさほど気にならないのかもしれないが、日常的に精霊にいたずらを仕掛けられる私からすると、帝城は、驚《おどろ》くほど精霊がたくさんいる。そのせいで空気の密度が濃《こ》いように感じてしまうのだ。

（なるほど、さすが精霊によって建国された国の帝城です）

気配遮断《しゃだん》と認識阻害を助長《そがい》させるような呪を付与《ふよ》したヴェールを使っていてさえも、精霊達が纏《まと》わりついてくる。

彼らにとって、自分達を認識できる存在は特別だ。

何もしなくとも加護をくれたりするが、それ以上に構ってほしくてちょっかいをかけてくるので要注意である。

（今は身につけているのが祭服でも聖衣でもないので、注意しないと！）

いつもの祭服なら精霊達を遮断できるし、魔法防御的《まほうぼうぎょてき》にも安心なんだけど、今日の衣装はとにかく心許《こころもと》ないのだ。

下着類は加護のある自分のものだからいいとして、ドレスは違うので、魔法防御効果がまったく期待できない。

自分で認識阻害の呪を施《ほどこ》した頼《たよ》りないこのヴェール一枚が、かなり重要だったりする。

ヴォリュート帝国の帝城は、初代皇帝の名をとってヴォライル城と呼ばれている。

私はその最内郭《さいないかく》へと続く柱廊《ちゅうろう》を、先導の近衛騎士《このえきし》に従ってしずしずと歩いていた。

(登城して大広間で陛下と謁見したら、あとは閣下の執務室《しつむしつ》へと向かうだけ)

私は脳内で本日の予定を確認した。

昨日のうちに簡単な城内地図で位置もしっかり押さえてあるから、万が一、案内の者や護衛に置き去りにされても目的地に行き着くことはできるだろう。

(まあ、これだけ精霊がいれば、案内には困りませんけどね)

このヴォライル城の中枢部分《ちゅうすう》は、小高い岩山をまるごと利用してそのまま城に仕立てたもので、ドワーフ族という古《いにしえ》の土の精霊の血をひく人々の手を借りて造られたものだと言われている。

今歩いているこの柱廊は、『黒白《こくびゃく》の回廊《かいろう》』の名で呼ばれる城の名所の一つで、くりぬいた岩盤《がんばん》の漆黒《しっこく》と、装飾として用いられている大理石の白さをいかした美しい装飾がなされていることで有名なのだと、来る時の馬車の中で教えてもらった。

(……………見れば見るほど不思議な造りの城です)

岩山の一部をくりぬきそのまま城としているのだから全体的に薄暗《うすぐら》いのではと思いきや、天井《てんじょう》や壁や床《ゆか》の一部にどこからか光を通していて、内部は驚くほど明るかった。

そこここに今では幻《まぼろし》となった獣《けもの》達の彫刻《ちょうこく》や浮き彫《ぼ》りなどが飾られ、古くからの縁起《えんぎ》の良い意匠《いしょう》がさまざまな形で組み込まれている。

千年帝国の国力をまざまざと見せつける品の良い豪奢《ごうしゃ》さは圧巻で、魔術的に言うならば、理想を体現したと言ってもいいような濃密《のうみつ》な魔力《まりょく》に満ちた空間が形成されている。

（う、写したいです！　あの浮き彫りの図案、全部書き写したい！　……ちょっと待って、あの天井画のモチーフ！　あれ、たぶん夜空に見せかけた魔法陣です。防御？　いや、あれ、自動で反撃《はんげき》が入るのでは？　ええーっ、もっと近くで見たい!!）

どこを見ても興味をそそられるものばかりで、ヴェールの下であちらこちらに目を奪われてしまう。

（………待って！　待ってください、今の『ディウェミエリュネ写本』にあった魔法陣の一部では？　え、そんなものが何で壁の紋様の一部になってるんです？　ええっ、もう一度見たいです!!　っていうか、なんで先に進まなきゃいけないの？　今日はもうここまででいいです！　ずっとここにいたい！）

私は、口には出せない分、脳内で大絶叫《だいぜっきょう》をあげていた。

『グレス！　うるさいっ!!　しんみりと思い出に浸《ひた》ることもできないじゃないのっ!!』

私の脳内《のうない》絶叫に耐《た》えかねたビビが出てきて、怒鳴《どな》るくらいである。

（だって！　だって！　これ、すごいんですもん！　さすが千年帝国！　さすがその要《かなめ》たる帝城です!!）

『あのね～、皇国の皇宮《こうぐう》の方が、もっとずっとすごいじゃないの。私、本当に神がいるだなんて信じてなかったわよ………貴女が一位司教になるまで』

ビビが言っているのは、一位司教がその秘蹟《ひせき》を授《さず》かるために入る皇宮の奥の院《いん》のことだ。

あの場所には、神の実在が信じられる奇蹟《きせき》の光景が存在している。

(あれはただの奇蹟ですもん。こっちのがずっとすごいですよ!)

私は心の中の興奮を隠せない。

『はぁ? 奇蹟よ? 正真正銘《しょうしんしょうめい》の神の御技《みわざ》よ? その方がすごいに決まっているじゃないの!』

(だってビビ、皇宮のあれは神の為したことにすぎません。でも、この城は人の手によって成ったものなんですよ………精霊の御力をお借りしていたとしても、人が造り上げたものなんです。私はそれのほうがずっとすごいことだと思います!)

『……隣《となり》の芝生《しばふ》は青いってことかしらね……』

頭の中でやや興奮したまま言葉を並べる私に、ビビが溜め息をつく。

『………ねえ、グレス』

(なんですか?)

『貴女、ここの魔法陣やら何やらを使って商売しようとか考えてないわよね?』

(まさか! 商売なんてできないですよ、商人じゃないんですから……)

『そういう意味じゃなくて、売ったり……ようは、お金に換《か》えたりしないわよね? ってことよ』

（ああ……しないです）

いや、考えることは考えた。

例えばそこの花菱《はなびし》の吉祥柄《がら》を使った護符《ごふ》を作ってみたらどうかな、とか……。すごい綺《き》麗《れい》だし、それでいて実用性があるなんて最高だと思うのだ。

だが、木版による印刷では効力がないだろう。そのうえ、あれを効力があるように正確に書き写せる人間は限られている。

でもって、そういうのが一番上手いのは何を隠そう私だったりする——でも、それだと意味がない。

私はお金が大好きだけど、寝《ね》る間も惜《お》しんで護符を作りたいわけではない。

『本当に？』

これまでの私の行いの何が悪かったのかはわからないが、ビビは疑《うたぐ》り深《ぶか》い。

（大丈夫《だいじょうぶ》です！　…………ほんのちょっと考えただけですよ！）

私は胸を張って答えた。

『ちょっとは考えたんじゃない〜っ。グレスのバカ！　グレスの魔法オタク！　あなた、ここがどこだかわかってるの？　帝国の帝城よ！　千年帝国の玉座があるヴォライルなのよ！　その守護の魔法陣を売り飛ばそうなんて許されないんだから！』

選帝侯家の姫君《ひめぎみ》だったビビからしたら許しがたい不敬なのかもしれないけれど、私としては他国なのでそこまで気にはならない。

(もし売ることになっても、そのまま外に出したりしませんから！　そういうのは、ちゃんと解析《かいせき》して問題ないように調整してからです)

皇国では魔術は共有知識だ。

例えば、古文書から未登録の新しい魔術を発掘《はっくつ》する。それを一度登録すると、取得する人が増えれば増えるほど登録者にお金が入る仕組みになっている。

これを考えたのはビビで、私が聖堂に提言《ていげん》して制度を整え、現在は『特許制度』として管理されている。近年、皇国で魔術がとっても盛んになったのはこの制度のおかげなのだ。

『……何よ、もしかして見ただけで理解できちゃったの？』

(幾つか、だけですけど……護符とかお守りならすぐ作れそうだなって)

『あ――、もう、これだから天才は嫌《いや》だわ！　ねえ、グレス、お願いよ。帝国があなたと敵対しない限り、ここの魔法陣を売らないって約束して！』

(……そのものじゃなければいいですか？)

ビビに言われて諦《あきら》めるにはちょっと惜しいものがある。

『グレス!!』

(ここの防御が薄《うす》れるようなヘマはしません。……それに、そんな影響力のあるものは、

そもそも外には出せないです）

新種の護符の扱《あつか》いには細心の注意が必要なのだ。自分では思いもよらない使い方をされた時に対処ができないから。

『本当に？』

（ほんとです。……せいぜい、雨が降る前に護符の色が変わるとか、それくらいのものです）

『……そんな魔術があるの？』

（水の精霊によってあそこの像の一つが動くようになっているみたいなんですけど、それの応用で色替《か》えができます）

私がちらりと視線で指し示した像を見たビビが、はっとしたような表情をした。

（………ビビ？　どうしたの？）

『何でもないわ』

ふいっとビビは顔を逸《そ》らし、それから何も言わずに消えてしまった。

気配が少し遠ざかるような感じがしたから、どこかへ行ったのだと思う。

最大距離《きょり》を測ったことはないけれど、ビビは私から離れてどこかへ行くこともできる。

ただ、ずっと離れていることはできない。前にものすごい喧嘩《けんか》をしたことがあったのだけれど、離れていられたのは丸一日がせいぜいだった。

（――――ビビは、ここを知っているんですよね）

昔、ビビの口から、千年帝国の帝城がどれほど壮麗《そうれい》で美しい建物なのかを自慢されたことがある。

選帝侯家の姫君だったのだから、当然、何度も登城しているのだろう。

（……あれ？　ということはもしかしたらここには、生前のビビを知っている人がいるのでは？）

ふと、そんなことを思いついてしまった。

「姫様、お加減はいかがですか？」

私の歩みが緩《ゆる》やかになったことに気付いた付き添いのマラガ子爵夫人《ししゃくふじん》が、私の顔を覗《のぞ》き込んだ。閣下が用意してくれた美しいレースのヴェール越《ご》しにその心配そうな表情がよく見える。

「………問題ありません」

私は小さな声で言葉を返した。

どこまで徹底《てってい》できるかはわからないけれど、あまり声を覚えられないように、発言もできるだけ最小限にしようと思っている。

（私、身代わりですからね！）

前を歩いていた近衛騎士が私達の様子に気付いて、その歩みを緩めた。

「どうぞ、ご無理はなさいませんよう……お疲れでしたら、アーサーに運ばせます」

マラガ夫人が、殿《しんがり》を歩くフィアリス選帝侯家の護衛騎士の方に視線をやる。

閣下の部下の中で最も腕《うで》が立つという騎士だ。夫人と同じように心配そうにこちらを見ているので、私は問題ないというようにうなづいてみせた。

「ありがとう。………頑張ります」

「本当にご無理はなさらないでくださいませ」

「はい」

私はうなづき、差《さ》し伸《の》べられた手に己《おのれ》の手を重ねた。

選帝侯家の姫君というのは、決して一人で歩いたりはしないものらしく、屋敷内であっても必ず手をとられて歩くことになっているのだという。

ものすご～く面倒《めんどう》だけれど、マラガ夫人が手をとって歩くのがとても上手だったので、だんだん慣れてきた。

マラガ夫人は、リルフィア姫の専属侍女、という肩書《かたが》きを持つ人だ。

本来であれば女主人のお話し相手や付き添いを務める役割なのだけど、私……もとい、リルフィア姫が虚弱《きょじゃく》で領地の屋敷から出られなかったために、これまでは閣下の祐筆《ゆうひつ》である夫の補佐的な仕事をしていたらしい。

帝都のお屋敷に私が入ってからは、身の回りの一切《いっさい》を取り仕切ってくれている。

(侍女兼《けん》お目付け役、といった感じかしら)

家庭教師的な役割を担《にな》うことも想定されているようで、朝は朝食をとりながら、お茶や食事の作法などを一つ一つチェックしていた。

(……………ビビのおかげでまったく問題がなかったわけだけど)

皇国と帝国は、国の成り立ちがまったく違うのに生活習慣や食生活などは驚くほど似通っている。

作法に違和感《いわかん》があるほどの差がないから、覚えることもそれほど苦ではなかった。

おかげでお屋敷の人達は、私が身代わりであるなんて誰一人思ってもいないようだ。

「…………到着いたしました」

先導の近衛騎士が立ち止まったのは、天井まで続く大きな白銀の扉の前だった。

ふわふわと漂《ただよ》う精霊達が、扉の前でこっちだよ、とでもいうように手招きしている。

「姫様、謁見の前にお水をお飲みになりますか？　帝城は陛下の御力で充《み》たされているせいで空気が濃く、初めていらっしゃる方はここに来る前にお加減を悪くされることも多いのです」

「大丈夫です、マラガ夫人。…………精霊達が多いのに少し驚いただけです」

美しいレースのヴェールの陰《かげ》で顔を伏せてそう言えば、不安げな顔をしながらも夫人はそうですかとうなづいてくれた。

一瞬《いっしゅん》、余計なことを言ってしまったかと思ったけれど、リルフィアは『ヴィイ』だから、精霊が見えると言ってもおかしく思われないのだろう。

それよりもマラガ夫人は、虚弱《きょじゃく》で知られた私が心配でならないようで、体調をすごく気遣《きづか》ってくれる。

（本物と違って、私は虚弱でも何でもないんですが！）

「……よろしいですか？」

近衛騎士の問いに、私はうなづく。

恐《おそ》ろしく重量のありそうな扉だったが、近衛騎士の合図を受けると扉の両側に立っていた衛士が軽々とそれを押し開いた。

「フィアリス選帝侯家ご令嬢、リルフィア・レヴェナ姫。ご到着〜〜」

扉の内側に待ち構えていた黄色い制服の儀典官《ぎてんかん》が、声を張り上げて私の到着を告げる。

私は軽く一つ息をついて呼吸を整えると、夫人に手をとられて扉の中へと足を進めた。

（…………眩《まぶ》しい）

廊下《ろうか》も十分明るかったはずなのに、謁見の間はさらに明るい光に充ちていた。

帝城のシャンデリアは、灯火なくして輝《かがや》くと吟遊詩人《ぎんゆうしじん》が歌うそうだが、なるほど、シャンデリアに使われている吉祥紋様にカッティングされた宝玉に、光の精霊が戯《たわむ》れている。光源などなくとも十分すぎる明るさだった。

昔から伝わる縁起が良いとか幸運を運ぶなどと言われている紋様や意匠というのは、精霊達の気を惹くものだ。その結果としてちょっとした加護だったり、それに類するものを得ることができる。

(それをもっと複雑化すると、魔法陣とか魔方陣になるんですよね)

ここのお城は私の知らない吉祥紋様や意匠の宝庫だ。それを覚えることができれば、きっと面白い陣を描《えが》くことができると思ったら、ビビにいつも怒《おこ》られている好奇心《こうきしん》のようなものがムクムクと大きくなる。

(リルフィア姫でいる間に、ここにはまた来る機会がありますよね、きっと!)

「………ここまででございます」

マラガ夫人は私がそんなことを考えているとは露《つゆ》知らず、頑張ってくださいと小声で囁《ささや》くと、そっと手を離した。

身分によって皇帝陛下に近づける距離が決まっている。謁見の間ではそれを等間隔《とうかんかく》に並んだ柱で示していた。彼女の身分で付き添えるのはこの黒曜石の柱までだ。

そして、柱の間には正式な謁見に必ず従うことになっている大臣職にある男性が全部で五人立っていた。

大臣だとわかったのは、彼らが大臣職に在る者しか身につけられない緋色《ひいろ》の裏打ちのされたマントを身につけていたからだ。

大臣の席は十一あるが、すべての椅子が埋《う》まっていることは少ない。うち三人以上が従うことで正式な謁見とされ、五人が同席するというのは最上級の格式だった。

（さすが筆頭選帝侯家のお姫様です……ここまで丁重《ていちょう》に扱われるのですね）

フィアリス選帝侯家の格式の高さに少し感心しながら、床の上を滑《すべ》るように足を進め、作法通りに水晶《すいしょう》の柱——玉座から約三《メートル》ロドルの距離まで近づいて立ち止まった。

そして、ドレスのスカートを軽く持ち上げて腰《こし》を屈《かが》め、静かに頭を下げる。

（……腹筋が!!）

胴《どう》を締《し》めつけるコルセットにこの帝国式の礼が加わると、ちょっとした拷問《ごうもん》だと思えるくらい腰と腿《もも》と腹筋に負荷《ふか》がかかる。

「フィアリス選帝侯家が娘、リルフィア・レヴェナ＝ヴィイ＝アルフェリア・フィアリスでございます。拝謁《はいえつ》の栄誉《えいよ》を賜《たまわ》り恐悦《きょうえつ》至極《しごく》に存じます」

か細く聞こえるように、語尾《ごび》が消え入るような話し方で帝国式の作法に従って名乗った。

（内気なお姫様は、決して説法をするように声に力を乗せてはいけません）

頭の片隅《かたすみ》で自分に注意を促《うなが》しながら、言葉を紡《つむ》ぐ。

内気で虚弱で引きこもりであるリルフィア姫は、どう考えても私とは真逆なお姫様だけど、演じることは可能だ。

声の出し方やしぐさ、歩き方……そのあたりに気を配れば、そういう印象をつくることは難しくない。

「余が、レクター・ラディールである」

それは、力ある声だった。

決して張り上げているわけではないのに、しっかりと耳に届く声――その強い響きには、膝《ひざ》を折って頭《こうべ》を垂れたくなるような厳《おごそ》かさがあり、まるで頭上から降ってくるようにも聞こえた。

そんな風に聞こえるのは、聖堂でも使っている建築技法で声を反響《はんきょう》させているせいで、これは壁の装飾と天井の高さに秘密がある。

(――それがわかっているのに、どうしようもなく魅《ひ》かれる)

その声に従いたい、と自然と思えてしまう。

意志の弱い者であれば、この声に強く命じられたら逆らうことができないだろう。

(だってこれは、王者の声だ)

「……面《おもて》をあげよ」

私はゆっくりと顔をあげ――そして、五段ほど高くなった位置に据《す》えられた玉座に座すその人を見た。

ヴォリュート帝国第八十三代皇帝レクター・ラディール＝ヴィイ＝フェイエール・ヴォリュート陛下。

帝国の帝位選定選の慣例に従い、決闘により力ずくでその帝位を得た方だ。しかもこの方は決闘に代理人を立てず、ご自分で闘って勝利をもぎ取ったという帝国最強の武人であるという。

圧倒的《あっとうてき》な存在感と輝きが、目を逸らすことを許さない。

悠然《ゆうぜん》と玉座に座す様子は、いかにも大国の皇帝陛下らしかった。

(この方がどんな格好をしていたって、私はもう絶対に見間違《みまちが》えないわ)

それほど彼の光は特徴的《とくちょうてき》な色をしていて、目が灼《や》かれそうなほどの輝きを放っている

――まるで、燃えさかる焔《ほのお》そのものの魂《たましい》を視てしまった気がした。

「その美しい顔容《かんばせ》を拝むことができぬのは残念だが、極度に内向的な気質であるためと宰《さい》相《しょう》より聞いている。我が名において、どのような席であっても姫がヴェールを纏うことを許可する」

どこか面白がるような表情で玉座から私を見下ろした皇帝陛下は、とってもありがたいことを言ってくれた。

（素晴らしい根回しです、お義兄様！）

「………お心遣《こころづか》い痛み入ります」

弱々しさの中にほんのわずかな歓《よろこ》びを滲《にじ》ませて一礼し、そのまま御前《ごぜん》から下がろうとした私に、まさかの声がかけられた。

「いや、礼には及《およ》ばぬ。………さて、俺の今日の仕事は、そなたとの謁見が最後だ」

玉座から立ち上がった皇帝陛下の、その燃えさかる焔のような赤い髪がさらりと肩口《かたぐち》からこぼれ落ち、思わず目を奪われた。

「………はい」

彼が何を言い出したのかわからないまま、私はただ小さくうなづいた。

（………え？　この方、今、〝俺〟って言いませんでした？）

立ち上がった皇帝陛下は、キビキビとした身のこなしで段上から降りてくる。

（え？　え？　ちょっと待ってください。何でこっちに近づいて来るんです？）

慌《あわ》てた私はその場で再び足を折って腰を屈め、頭を垂れた。

本心を言えば、即座に逃げ出したかったけれど、今の私はリルフィア姫の身代わりなので滅多なことができない。

「お待ちくだされ、陛下っ」

大臣の誰《だれ》かが声をあげる。

「陛下、フィアリスの姫君は未婚《みこん》の淑女であらせられますっ」

(え？　何をしようとしてるの？)

私は思わず顔をあげた。

ニヤリと笑った皇帝陛下の顔を驚くほどの至近距離で見てしまう。

炎《ほのお》がチラチラと揺《ゆ》れるかのように見える赤毛の毛先がいっそう燃え盛った。

(…………ああ、これ、魔力が多すぎて燃えてるように見えるんですね)

ぼんやりとそんなことを考えてしまう。

「姫君、俺は宰相に用がある。……姫君も宰相の元に向かうのだろう？　俺が連れていってやろう」

「…………え？」

一瞬、反応が遅れたのはしょうがないと思う。

(…………陛下って女性に気安い人でしたっけ？)

いや、そんなことあるはずがないと即座《そくざ》に否定した。

レクター・ラディール陛下は、女性を華《はな》と愛《め》でることはあれど溺《おぼ》れることはなく、その御身《おんみ》近くに決まった女性を寄せることがないというのがよく知られている話だ。

ほどほどの色を好むけれど溺れることがない、というのは王者の大事な資質だと誰かが言っていたような気がする。

そして陛下のお相手について最も大事なこと――この方は乙女《おとめ》には手を出さないと言われているのだ。

ヴェールの中を覗き込むような至近距離に、底に金を帯びた緋色の瞳《ひとみ》があった。

「…………あ…………」

目が合った瞬間《しゅんかん》、くらりと視界が揺れる。

（…………誰？　あなた？　私？　ビビ！　ビビ、助けてっ！）

何かが…………己の中の閉ざした扉をこじ開けようとしている、私の奥底で何かの存在がうごめいた。

それに恐怖《きょうふ》した私は、助け手の名を呼ぶ――いつだって私を助けてくれる私の運命共同体の名を。

遠くでゆらりと揺れる気配――だが近くにはいないのだと理解した。

（…………どうすればいい？）

こんな時、どう行動するかなんて誰からも教わっていない。だから、自身で考えて対処しなければならない。

（わ、私…………）

「陛下っ！　ご無体は！　どうかご無体はおやめくだされ！」

大臣の誰かだろう。老人が必死に皇帝陛下を止めているようだった。

でも、私の状況《じょうきょう》には欠片《かけら》も変化がない。

(ばか！　もっとちゃんと止めて〜)

老人の悲鳴にも聞こえるような声音とついでに私の心の声を、当の皇帝陛下は朗《ほが》らかに笑い飛ばした。

「はははははっ。……ノーレルは何をそれほど心配しているのだ。俺がエリアスの義妹に無体など働くはずがなかろう！」

ものすごく間近で大音量の笑声《しょうせい》を浴びる。

耳が痛いのと何が起こっているのかわからないのとで、頭の中が真っ白になった。

「安心するがいい、ここは俺の城だ。姫君の義兄《あに》たるエリアスもいる。我《わ》が家《や》だと思ってゆるりと過ごすが良い」

はははは、と明るい笑い声が天井にまで響いて聞こえるけれど、私にはまったく意味がわからなかった。

自分を落ち着かせ、置かれている状況を把握《はあく》する——視界が揺れているのは、あろうことか皇帝陛下に抱きかかえられているからなのだとわかった。

(………これは、十分無体なのでは？)

それとも、帝国ではこれは許されることなのだろうか？

問いただしたくとも、教えてくれるだろうビビはここにいない。

「陛下っっ‼　その御方は、宰相閣下の御婚約者《ごこんやくしゃ》にございますっ！」

（もっと言って！　これを止ーめーてー‼）

わりと雑に抱《かか》えられているせいでグラグラと視界が揺れる。己の身長では見ることがない景色だったけれど、それを楽しむ余裕なんてあるはずもなかった。

「…………はははは、姫君、そう硬くならずとも大丈夫だ。姫君は驚くほど軽いからな。俺はこんなにも軽い姫君を落とすほどひ弱ではない」

何を言っているのだ、と思った。

（違うっ！　私が軽かろうが重かろうが、落とさないなんてのは当然のことなんだから！）

持ち前の利かん気が首を持ち上げた。

（…………よく考えなさい、私。どう対処するのが正解なの？）

皇帝陛下を殴《なぐ》り倒《たお》す……あるいは、絞《し》め落とすのは最後の手段だ。

（ビビ～～～！）

心の中で半べそになりながらその名を呼ぶ。

『…………いきなり何なのよ！　哀《あわ》れっぽい声で呼ぶんじゃないわよ！』

たぶん私があんまりにも必死で呼んだから、強制的に引っ張られたのだろう。目の前にビビが現れた。

「たーすーけーてー」

私はふわふわと浮いているビビに手を伸ばす。

『あなたねぇ、何やってんの？　この男、何なの？　もしかして、誘拐《ゆうかい》されそうになってるの？』

（わかんないの。謁見のご挨拶をしたら、なぜかこんなことになってて……………ビビ？）

私を抱えている陛下の顔を見たビビが、凍《こお》りついたように動きを止めた。

『………ディール？』

ビビの唇《くちびる》が知らない音を紡ぎ………そしてビビは、そのまま再び私の中へと姿を消してしまった。

（何なんですか!!　これ！　ビビ！　ビビってば!!）

ビビの気まぐれはいつものことだけど、その唐突《とうとつ》さに違和感がある。私の必死の呼びかけにもビビは応えてくれない。

（……ディール？　ええっと、陛下のラディールの愛称《あいしょう》でしょうか？　もしかしてビビ、皇帝陛下と面識があるの？　ああ、でも、ビビが閣下の義妹姫の従姉妹《いとこ》か叔母《おば》だっていう私の推測が合っていれば、ありえないことではないですけど………ねえ、ビビ？　どうしちゃったの？）

私の言葉が聞こえているのかいないのか、ビビは返事をしない。

（確か、ビビは私が生まれた年に死んだのだと言っていたから、生きていれば三十を超《こ》えているとして……皇帝陛下とは同年代なのか。ってことは、選帝侯家の子供同士知り合いでもおかしくはないわけで………あ、この隙《すき》に腕の中から降りちゃおう！）

「陛下、失礼いたします」

何やら動きが止まったので、その腕の中から抜《ぬ》け出《だ》そうとすると、はっとした陛下は、まるで私を逃《に》がさないとばかりに反射的に腕に力をこめた。

「……っぐっ」

成人したばかりのか弱い少女は、倍くらいの年齢《ねんれい》の帝国最強の武人である男に、まるでぬいぐるみに縋《すが》るかのように力強く抱きしめられた結果――。

（………くるし………）

瞬殺《しゅんさつ》されるがごとき容易《たやす》さで、私の意識は暗闇《くらやみ》の中へと叩《たた》き落《お》とされた。

「ぎゃあああああっ、陛下、姫君をお離しくだされっ、御身の力で抱きしめたら死んでしまいますっ！」

「姫君っ、意識をしっかり！」

「陛下、その手をお離しなされよっ」

遠ざかる意識の向こうで阿鼻叫喚《あびきょうかん》の騒《さわ》ぎが起こっていたようだけど、ほぼ一瞬で意識を刈《か》り取られた私は、目を開くことはなかった。

《第四章》陛下とお義兄様と私

夢を見ていた。

夢の中で私は黒髪《くろかみ》、黒い目の女性で、どことも知れぬ場所でたくさんの人とともに机に向かい、光る箱と不思議な板を使って仕事をしていた。

自分だけのための小さな部屋とカイシャと呼ばれる仕事場を往復する日々――時折、好物のケーキやタルトを買って帰り、食べ比べることをささやかな楽しみとしていた。

特に、爽《さわ》やかな柑橘《かんきつ》の香る真っ白いチーズケーキは、私の大好物だった。

(……ああ、これは、私の夢じゃないわ)

そう思った瞬間《しゅんかん》、夢は切《き》り替《か》わる。

初夏の花が咲《さ》き乱《みだ》れる庭で、私は祖父から一人の少年を紹介《しょうかい》されていた。

私よりも幾分《いくぶん》身長の低いその少年を目にした瞬間、夢の中なのにくっきりと意識が醒《さ》めたような気がした。

その炎《ほのお》が揺《ゆ》らめく赤髪に見覚えがあった――いや、その炎紅に燃える魂《たましい》の色を忘れるはずがない。

（………皇帝《こうてい》陛下だ）

ああ、そうか………これは、ビビの夢だ。

その瞬間、ぱっとその光景が真っ白く塗《ぬ》り潰《つぶ》される。

何もない白一色だけの部屋で、ふわふわと膝《ひざ》を抱《かか》えたビビが浮《う》かんでいた。

「………ビビ」

「……………」

「……ビービ」

「……………」

「ビビ！」

「……………」

無言で丸まったまま浮かんでいるビビに話しかける。

「皇帝陛下と知り合いだったんですね、ビビ」

「………皇帝陛下なんか知らないわ。私が知っていたのはフェイエール選帝侯家《せんていこうけ》の跡取《あとと》りだったディールよ」

「皇帝陛下の彼は知らない？」

「…………ええ」

ビビは彼が皇帝陛下になる前に死んだのか、とぼんやりと思った。

「どういう知り合いです？……もしかして婚約者《こんやくしゃ》とかですか？」

「そんなわけないでしょ。……選帝侯家の跡取り同士は結婚《けっこん》できないのよ」

「……あ、やっぱり、ビビは跡取りだったんですね」

そうだと思った、と言ったら、言ってなかったかしら？　とビビは首を傾《かし》げた。

「聞いてないです」

「当たり前すぎて、言うの忘れてたわ」

やっぱりそうだったんだ、と私は納得《なっとく》した。一つ、長年の謎《なぞ》が解けたような気がした。

「…………じゃあ、皇帝陛下とはどういう知り合い？」

「んー、一番正確に言うなら、同志、かな」

「どうし……？」

「もしくは、共犯者。……あるいは、親友」

膝に顔を埋《うず》めたままのくぐもった声でビビは言った。

「…………そっか」

「…………そうよ」

私はビビの姿を見ながら、ビビの真似《まね》をして膝を抱えてみた。

「……家同士は政敵ってやつだったのよ。お互い帝位に就《つ》けたい相手が違っていたから」

「なのに、共犯者で親友なんですか？」

「ええ。お互《たが》いに内緒《ないしょ》で情報を共有して、うまく家をコントロールして大きくぶつからないようにしていたの──あの頃《ころ》、すごく状況《じょうきょう》が悪くて、国内は分裂《ぶんれつ》寸前だった」

「そうなんですか」

帝国《ていこく》の歴史にはあまり詳《くわ》しくないけれど、一時期はまだ、帝国の国力が今よりかなり落ちていたことは知っている。だって、皇国のような貧乏《びんぼう》弱小国家が反発していられたのだ。それは当時の帝国にそれを咎《とが》めるだけの威勢《いせい》がなかったということだ。

「ええ。当時の皇帝陛下がちょっと問題のある方で……次の帝位を巡《めぐ》って水面下で激しい攻防《こうぼう》が繰《く》り広《ひろ》げられていたの。政争ってやつね。下手をすると内乱が勃発《ぼっぱつ》してもおかしくなかった」

そんなことになっていれば、今頃《いまごろ》、ヴォリュート帝国という国は存在していなかっただろう。

「……ビビは、もしかしてその争いに巻き込まれて亡《な》くなったんですか？」

ビビは、自分を幽霊《ゆうれい》だと言う。幽霊というのはこのあたりの言葉ではない。精霊《せいれい》達は、ビビを『嘆《なげ》きの乙女《おとめ》』だと言った。

心残りを持つ、若くして死んだ娘《むすめ》――。

言い伝えによれば、『嘆きの乙女』は、死に際に強い願いを――後悔を持つ者がなるのだ。

それは突然死を迎えた……殺されたということなのかもしれない。

「ええ。政争の中で、暗殺されたの…………たぶんね」

「………暗殺」

普通《ふつう》に生きていたら、一生縁《えん》がないだろう言葉だ。

「そう。………選帝侯家の跡取りだったから」

権力の中枢《ちゅうすう》に近いというのは、きっとそういう因縁《いんねん》が結ばれるということだ。

皇国における権力の中枢とは、借金の返済に四苦八苦する立場になるということなので、随分《ずいぶん》な違《ちが》いだと思う。

「そんな顔しないで、グレス。私はね、覚悟《かくご》はいつもしていたわ。選帝侯家の跡取りになるというのは、生命を狙《ねら》われる立場になるということなの。彼が何度か私を助けてくれたこともあるし、私が彼に危険を知らせたこともある――それは、家を裏切ることだったけれど、私達は帝国に生命を捧《ささ》げると決めていたから。……そうやってお互い、何度も回避《かいひ》したわ」

最後は回避しきれなかったけどね、とビビは言った。

「………哀《かな》しい」

ビビが殺されてしまったことが、哀しくてならなかった。

出会った時にはもうとっくに死んでいたビビなのに。

その過去を知って、より何もできない自分に打ちひしがれる。

「私を惜《お》しんでくれてありがとう。でも、これでも結構満足しているのよ。滅《ほろ》びを待つばかりだったはずの帝国はその運命を回避した。今は再び輝《かがや》きを取《と》り戻《もど》して、ディールの治世のもとで最大の繁栄《はんえい》を迎《むか》えようとしている――それは、私のしたことが無駄《むだ》じゃなかったってことだわ」

「どうして？」

「約束していたからよ」

ビビは艶然《えんぜん》と笑った。

「………どちらかが志《こころざし》半ばで倒《たお》れることがあっても、残された片方は決して諦《あきら》めないって。最後まで帝国を支えて死にましょうって」

「………ビビは、満足？」

「ええ。とても満ち足りた気分だわ」

ビビの晴れやかな笑《え》みがとても綺麗《きれい》で、私は嬉《うれ》しくなる。

でも、まだ足りないのだと思った。

ビビは本当に満足だと思っているのかもしれないけれど、だったら、帝国に来ることが決まった時に、なぜ、あんなに憂《うれ》いていたのだろう？

（まだ、何かある…………もしかしたら、ビビも気付いていないような何かが）

あるいは、気付いているけれど認めたくないのかもしれない。

「…………天の国にはまだ行けないんですね」

嘆きの乙女は、望みが叶《かな》えば満足して天の国で安息の眠《ねむ》りに就《つ》くことができるのだ。

「そうね。……正直、もういつ成仏《じょうぶつ》しても満足なんだけど」

ビビは心底そう思っているのだろうか？

その横顔をじーっと見たけれど隠し事が上手いので、私にはよくわからなかった。

「じょうぶつ？」

「幽霊の望みが叶って、満足して天の国に行くってこと。彼の……ディールの現在を知ることができたのもとても嬉しいわ」

ビビはキレイに笑う。

「そんな顔で笑うくせに、恋人《こいびと》とかじゃないんですね」

「もちろんよ。男とか、女とかじゃないのよ。だって、そういう意味では、私の初恋《はつこい》は前のフィアリス選帝侯だもの」

ビビは、少しはにかんだような笑みを見せる。

おお、これは本当らしい。

「そうなんですか？」

「ええ。リルフィア姫《ひめ》のお父様にあたる方ね。……我《わ》が家《や》と前のフィアリス選帝侯家は同盟を結んでいたの。私があと三歳年長だったら、私は跡継ぎではなくてフィアリス選帝侯《せんていこう》妃《ひ》になっていたわ」

「え？　そうなの？」

「ええ、そうなの。でも、さすがに私では年齢《ねんれい》が釣《つ》り合《あ》わないというので、叔母《おば》が嫁《とつ》いだのよ。リルフィア姫と私は従姉妹《いとこ》なの」

ああ、やっぱり、と予想が当たって私は満足だった。

ビビが何よ、というように肘《ひじ》で小突《こづ》いたから、私もトンと肘で小さく小突いた。

いつもは見えていても触《ふ》れあえないから、すごく新鮮《しんせん》な気分。

たぶん、ここはおそらく私の内側のどこかで、だからこそ私に取《と》り憑《つ》いている幽霊のビビと生者である本体の私が、当たり前のように対等に存在していた。

「念のために言っておくけど、私の知っているディールは、力余ってあなたの背骨折りかけるような野蛮《やばん》な男なんかじゃなかったのよ⁉」

「……あれ、一瞬《いっしゅん》、死にかけましたよ。天の国を垣間見《かいまみ》ましたよ！　絶対にこれ賠償金《ばいしょうきん》請求《せいきゅう》できる案件ですよね！」

「そこで喜ばないで頂戴《ちょうだい》！　ねえ、あなたがすぐ賠償金とか追加請求とか言うようになっちゃったのは私のせいなの？」

「なんでビビのせいなんです？　私が今の私になったのは、私がこうなることを選んだからだと思うんですが」

「私が皇国を選んだからこうなったんじゃないの？　帝国にいればあなた……」

私はそっと人差し指でビビの唇《くちびる》に触れて、それ以上の言葉を遮《さえぎ》った。

「そんな昔のことを今更《いまさら》言われても困ります。帝国にいたらどうなってたかなんてわかりません！」

正直に言えば、帝国にいたら私はすぐにどこかの貴族の家の養女になれたと思う。精霊の加護を持つというのはそれくらい特別なことだし、私の見目も悪くない。

でもそれは、養女になった貴族の家の道具になるということだ。

自分の意志では何一つ決められないようなお人形になることを強制されるかもしれない。あるいは、そこの家の息子《むすこ》の嫁《よめ》……ならまだしも、愛人にさせられるかもしれない。

そんなのまっぴらごめんだったので、私は今の自分がいいと思う。

「……でも、何であぁなっちゃったのかしら？　ほんっと、わかんないわ。だって、ディールって、もっと線の細い美少年だったのよ？　それこそ、あなたのお義兄様《にいさま》みたいな！」

私のおにいさま？　と思って、ああ、閣下《かっか》のことかと納得した。

閣下から皇帝陛下になることを想像するのはたしかに難しい。

「時の流れは残酷《ざんこく》ってことですね！」

「そんな雑にまとめないで頂戴！　わりと私には大問題なのよ！」

「だって、私にはどうもできないですし……」

「……ディールは武勇に優れていたけれど、最強の武人ってほどではなかったわ。少なくともあの暴帝に勝利できるなんて………」

ああ、そうか。と思った。

ビビは本当に皇帝陛下を知らなかった——ビビの中で帝国の皇帝陛下は知らない人で、ビビの知る『ディール』という少年……あるいは、青年ではなかったし、フェイエール選帝侯家から出た皇帝陛下だということを知っていてさえもビビの中では一致していなかったのだ。

それだけビビの知る彼と、噂でしか知らない皇帝陛下との差があまりにも大きいということなのだろう。

「ねえ、グレス。ディールはあなたのことを気に入ってるみたいだから、何で今みたいになったのか探ってくれない？」

「ええ——、どうして私が〜〜」

そりゃあビビのためなら、何でもする気ではいたけれど………。

「なんであんな顔になっちゃったのかしら？　もっと、こう繊細《せんさい》な感じだったのよ？」

「皇帝陛下、普通じゃないですか。目も鼻も口もちゃんとありましたよ？」

「………そうだった‼　あなた、顔の造作がわからないんだった！」

「わからないっていうか………目と鼻と口がちゃんとあるってわかってますよ？」

「そういう問題じゃないのよ‼」

じゃあ、どういう問題なんだろう、と思うけれど、キーキーしてるビビが何だかすごく可愛《かわい》く見えたのでわりとどうでもよくなってしまった。

「……ねえ、ビビ。ビビは本当に帝国の未来が心残りだったんですか？」

「………たぶん」

「ビビの大好きなラブロマンス的な何かじゃなくて？」

「私にそんなの全然なかったわ。結婚は政治の道具って思っていたから、夢なんか見てなかったし」

ビビがやたらと色恋にうるさいのはその反動かも。

「ちなみに、どうして皇帝陛下と同志になったんですか？」

「……私とあの子、五歳違うの。初めて会ったのが、あの子が十三歳で私が十八歳
――あの子はとても大人びていて、中身はもう大人みたいなものだったけど、十三歳

は十三歳なのよ。弟みたいに思っていたわ」

「へー、あの陛下よりビビの方が年上なんですね」

「ええ。ディールは貴女とおんなじで天才だったわ。初めて会ったその時に、もう帝国の行く末を予測して憂いていた。それで、私を口説《くど》いたのよ——共犯者になってくれって」

「政敵の家の跡取り同士だったのに？」

「ええ。政敵の家の跡取りだから、初対面の挨拶《あいさつ》をするその時にしかチャンスはなかったんだと思うの」

「……それで誘《さそ》いに乗ったんですか？」

「そうよ。だって私一人では沈《しず》みかけた泥船《どろぶね》は引き揚げられなかったから——」

「どんな争いだったんです？」

「まず暴帝を引きずり下ろすことは決定していたの。あの男のせいで帝国は滅びかけていたから……武人としては最強だったけれど、まったく内政を顧《かえり》みない皇帝だったのよ。お気に入りの家臣に丸投げでね……周囲には、奸臣《かんしん》か佞臣《ねいしん》しかいなかった。汚職も賄《わい》賂《ろ》も横領《おうりょう》も日常茶飯事だった」

ビビは遠い目をする。

「私達……私の実家であるアルフェリア選帝侯家とゴドウェル選帝侯家は、フィアリス選帝侯家を引き入れることに成功していた。ディールの…………フェイエール選帝侯家は、孤立していたわね」

「なぜですか？」

「暴帝がフェイエール選帝侯家から出たからよ。フェイエール選帝侯家は、暴帝の後ろ盾だったの。暴帝はディールの伯父《おじ》だったわ」

「そんな人の誘いに乗ったんですか？　ビビ」

「ええ。…………追い詰められていたってこともあったかもしれないけれど、単に彼を信じたのよ。私達以外の選帝侯家は日和見《ひよりみ》を決め込んでいたわ。暴帝を恐れていた…………もう猶予《ゆうよ》がないと思ったの」

「…………猶予がない？」

「ええ。……当時のゴドウェル選帝侯も、アルフェリア選帝侯も命も狙われていたの。私の父は何度か怪我を負ったわ」

「…………暗殺が横行していたんですか？」

「ええ。…………正面切って暴帝を倒せる人間なんていないと思われていたから、暗殺という卑怯な手段に頼らざるをえなかったってわけ。それくらい、彼は強かったのよ。本当に人間かを疑われるくらいね」

「人間じゃなきゃ、何なんです？」

「…………武神《ぶしん》――若い頃はそう言われていたそうよ」

「そういう方がどうして暴帝なんて謚《おくりな》されるような方になったんです？」

「さあ……私にはわからないわ」

ビビは首を横に振って、そして再度口を開いた。

「とても強い方だから、暗殺なんてものともしなかった。狙われても、無聊《ぶりょう》が紛れると笑っていた………そういう方だから、犯人を捜そうともしなかったわね」

「じゃあ、ビビが殺されたのは？」

「たぶん、暴帝の周囲の人間の仕業よ。彼らは陛下が狙われると、同じだけ暗殺者を放ったわ。まるで遊戯でもするかのようにね。だから、もし私に心残りがあったとするのなら…………」

ビビは言いよどむ。

「言ってください、ビビ。――この日のためにコツコツと階位を上げてきたんです。こまめに派遣《はけん》のお仕事だって頑張《がんば》ってきましたし、それなりの権力とコネと資金もあります。最悪、年金を担保にしますし、儲《もう》け話で転がせる老人の一人や二人……いや、三人や四人……いいえ、たぶん十人くらいは知っていますから、相手が誰であってもできることは結構ありますよ」

言っている間にうまく転がせそうな知り合いの顔がいっぱい浮かんできたので、いちいち数えるのが面倒臭《めんどう》くなった。そのうち一人は法皇猊下《げいか》だし、他国にもコネはあるから、条件を整えれば帝国を相手どることだって可能だろう。

むん、と私は手を握《にぎ》りしめ、力こぶをつくってみせる。

私の細い二の腕《にのうで》ではたいした力こぶはできないけれど、身体強化の魔術《まじゅつ》を使えば大概《たいがい》のことは何とかなる。

「……………グレス……あなたって……どうして…………」

私を見上げるその菫色《すみれいろ》の瞳《ひとみ》がじんわりと潤《うる》んだ。

「ねえ、ビビ。私だって成長しました。……あの時と違って、あなたの力になることができると思います」

私の言葉にビビは泣き笑いの表情で言った。

「馬鹿ね。いつだって、あなたは私の力になってくれていたわ」

「そうでしょうか？　私としてはいつもビビに助けられていたような気がします。……ビビが、私には話せないいろんなことを抱えてるのも知っています。だからもういいと思うんです。話してくれませんか？」

「……あのね、グレス。本当は話してしまいたいの。でも、ごめんなさい、よくわからなくなっちゃった」

「どういうことですか？」

「私とディールは、滅びゆく斜陽《しゃよう》の帝国の寿命《じゅみょう》を少しでも引き延ばしたかった――そのために手を組んだ同志だった。心残りがもしあるとすれば、彼を一人にしてしまったことだと思うの。………血まみれの道を彼一人で歩かせてしまった」

ビビはそう言ったけど、私は首を傾げた。

私の知る限りでは、たぶんビビが死んでそれほど経たずして、陛下は閣下と出会ったはずだ。『刎頸《ふんけい》の交わり』あるいは『莫逆《ばくぎゃく》の友』である閣下と。

「……気に入らないかもしれませんが、たぶん、閣下がいたと思いますよ」

「そうね。そうかもしれないわ。だとしたら、それは嬉しいことのはずなんだけど、ちょっと口惜《くや》しいわね」

「ビビは閣下に点が辛《から》すぎます」

「何かあの人、胡散臭《うさんくさ》くて信用できないのよ」

ビビは拗《す》ねたように唇を尖らす。

「そこは完全に同意します。………あの人からは、秘密の匂《にお》いがする」

秘密………隠し事《かくごと》、欺瞞《ぎまん》、そういうもの。

「………なあに？　予知御技《スキル》？」

「そんなんじゃないです。そんなものなくたってビビにもわかるでしょう？」

「ええ、わかるわ。……だから言うけれど――いい、グレス。もしもの時、信じていいのはディールだけよ。私が保証するわ」

「…………はい」

（…………あ）

ふわりと身体《からだ》が浮くような感覚がした。

じきに目が覚めるのだとわかる。

「じゃあね、ビビ。…………心残りがわかったら、今度こそ教えてくださいね」

ビビが私に手を振《ふ》るのが見えた。

すーっと何かに吸い込まれるような心地《ここち》がして目を閉じる。

身体から力を抜《ぬ》くようにして、私はそのまま身を任せた。


ビビとの夢の中での邂逅《かいこう》から目覚めると、そこは見知らぬ寝台《しんだい》の中だった。

天蓋《てんがい》付きの豪奢《ごうしゃ》なそれは、四方を薄絹《うすぎぬ》の帳《とばり》が覆《おお》い、魔術的防御《ぼうぎょ》がしっかりと整っている。

（ここって、まだ、帝城《ていじょう》なのかしら？）

目をこすろうとしてヴェールがないことに気がついた。

（…………え？　これ、まずいのでは？）

慌《あわ》てて起き上がると、ドレス姿のままでコルセットだけが緩《ゆる》められている。

（誰だか知らないけど、お気遣《きづか》いありがとうございます）

ラドフィアの聖衣や祭服はコルセットが必須《ひっす》ではないので、帝国式の衣装のように締《し》めつけられていると息が詰《つ》まるのだ。

それに、気を失っている間に着替《きが》えさせられていなかったのもありがたかった。

たとえ同性であっても、下着姿や素肌《すはだ》を見られることには抵抗《ていこう》がある。肌《はだ》には聖痕《せいこん》があるから尚更《なおさら》だ。

（あった……………）

枕元《まくらもと》を照らし出すための照明器具の上にふわりとヴェールがかけられているのを発見し、いつも通りかぶるとすごく安心した。

帳の外で空気が揺れる気配がする。

「お目覚めになりましたか？　姫様」

控《ひか》えめなマラガ夫人の声がした。

「…………はい」

そっと薄絹の天幕が開かれて、柔《やわ》らかな光が射《さ》し込む。

「ここは？」

「帝城の奥宮の客間です」

「ていじょうのおくみやのきゃくま？」

寝起《ねお》きの私の頭の巡りはあんまり良くなくて、意味がわからなかった。

マラガ夫人が説明しようかどうか躊躇《ためら》っている。

「…………目が覚めたようだな」

耳に覚えのある声がして、マラガ夫人がそっと一歩下がって礼を執《と》る。

「…………へいか?」

「おう。すまなかったな。ちょっと力加減を間違《まちが》った…………呼吸は普通にできているみたいだが、肋骨《ろっこつ》に痛みはないか?」

そう言われてはっとして、自分の胴《どう》や腹部分に触れてみる。

「……ええ。大丈夫《だいじょうぶ》のようです」

骨に痛みはなく、ドレスのまま寝《ね》ていたせいでボタンの痕《あと》がついたところが少しだけ痛いように思えただけだった。

(クマに背骨を抱《だ》き折られる気分を味わいましたが!)

私ってば意外に丈夫《じょうぶ》なんだな、と変な感心をする。

陛下は、枕元に置かれていた椅子《いす》に腰掛《こしか》ける。

「マラガ夫人、茶をいれてきてくれないか」

陛下はマラガ夫人に命じた。

「ですが、あ…………」

ジロリと陛下は一睨《にら》みする。

視線だけで命じることのできる貫禄《かんろく》はさすがだ。

「…………かしこまりました」

マラガ夫人は何か言いたげだったけれど、陛下の態度が反論を許さないものだったので何度か振り向《む》きながらも扉《とびら》の向こうへと消えていった。

夫人が退出すると、広い室内はシンと静まりかえった。

あれほどたくさんいた精霊もこの部屋の中には一人も居ない。何でだろうなと思ったら、扉の枠《わく》や窓の所に精霊達を退《しりぞ》ける茨《いばら》の紋様《もんよう》が刻まれていた。

椅子に座った陛下のこちらを見る視線に、私は軽く首を傾げる。

陛下は私の方を見て、それからすぐにニヤリと笑った。

「いい眺めだな。寝乱れた姿の令嬢というのはなかなか悪くない」

「すみません。お見苦しい格好《かっこう》で………」

目覚めてすぐに陛下が来たので、まだ身支度《みじたく》をちゃんと整えていなかった。

コルセットは緩めたままだし、ドレスの背中のボタンも全部留められていない。

(これ、自分では手が届かないんですよね～。……お姫様のドレスって綺麗《きれい》だけど、一人では着ることも脱ぐこともできないなんて。初めて知りました)

それって拘束具《こうそくぐ》なのでは？　なんて思ってしまう。

ラドフィアの聖職者の服装は、結構面倒臭いように見えるけれど、基本的には自分一人で着ることができる。布や重ね着が一番多そうな法皇猊下《ほうおうげいか》の祭服であってもだ。

聖職者は、まず自分で自分の面倒を見られることが大前提《だいぜんてい》で、その上で法皇をはじめとした全員が神への奉仕者《ほうししゃ》であるというスタンスなのだ。

「いや、俺が無作法《ぶさほう》だったな、すまん」

私の服装がちゃんと整っていないこと、それが自分が押しかけてきたせいだということに気がついたらしい。

「あ、いえ。陛下が気になさらなければ、別に…………」

アンダースカートなども外されているようだったけれど、足下《あしもと》は薄掛《うすが》けがあるので大丈夫だ。

「…………ふむ」

陛下はじろじろと無遠慮《ぶえんりょ》に私の方を見た。

（この人が、ビビが、信じていいと言った人…………）

ビビはああ言っていたけど、私なりにこの人を見極めてみようと思う。

「あの…………あんまりじろじろ見るのやめてもらえますか？　居心地が悪いのですが」

私はすすっと壁側に身を寄せる。

すると、陛下はずずいっと身を乗り出して、寝台に手をついた。

「…………あの、そんなに乱れています？」

別に正面から相対する分にはわからないのでは？　と私は思ったけれど、陛下はあー……と意味のない声をあげるとニヤリと笑って言った。

「……そのタイプのドレスは身体《からだ》にぴったりとさせるようにできている。だから、おそらく背中のボタンが幾つか外れているのだろうな、とわかる程度には胸元が緩んでいる」

「え、これでですか？」

「ああ……」

陛下は、くつくつと面白そうな顔で笑いながら、私の背後の寝台の壁にドンと手をついた。

「まあ、姫の準備ができていないところに勝手に押し入った俺が悪いんだが、姫はちょっと警戒心が足りないと思うぞ」

覆《おお》い被《かぶ》さるように迫ってくるものだから、私は縮こまって壁に身を寄せた。

「…………あの、何を？」

「いや、あんまりにも姫が無警戒《むけいかい》なものだから……つい、な」

わかるだろう？　みたいな顔で、陛下は明るく笑ったけれど、私には理解不能だった。

生粋《きっすい》の聖職者に帝国貴族の常識を求められても困るのだ。

私は首を傾げた。

陛下の押しの強い笑顔はまったく動かない。

「えーと……じゃあ、陛下が後ろを留めてくださいますか？」

「はあぁぁぁぁっ？　何でそうなるんだ？」

意味不明の叫びが、大音声で響き渡った。

それをあまりにも間近で聞いてしまって、耳が痛い。

「陛下？　声、大きすぎます！」

「あぁぁぁぁっ？」

陛下は納得がいかないとばかりに再び声を張り上げる。

私は理由がわからなくて首を傾げた。

「……あの、何かいけないことを申し上げました？」

よくわからなくて問うた私を、陛下は、筆舌《ひつぜつ》に尽くしがたい……といった表情で凝視《ぎょうし》した。

（……ああ、やっぱり……）

陛下の裡《うち》で燃えている焔《ほのお》の赤が燦《きら》めいている。その美しいその色に私は見惚れた。

こんなにも澄んだ光を持つ人が邪《じゃ》であるはずがない。

陛下はしばらく無言でまじまじと私を見つめた後、顔に手をやって深い深い溜め息をついた。

「……………あのな」

「はい」

（……何か、お疲れなのかしら？）

その顔に疲労感が漂《ただよ》っているような気がする。

私はそっと背を伸ばして陛下のご意見を拝聴《はいちょう》する姿勢をとった。

「そなたが……いや、おまえがその育ちゆえにそちら方面に疎《うと》いのは、今、わかった！

……だがな、今のは、帝国貴族の令嬢《れいじょう》としては完全にありえない発言だ！」

「そうなのですか？」

「ああ、そうだ」

陛下にボタンを留めてもらうというのは、もしかしたら不敬罪《ふけいざい》になるんだろうか？

でも、私の身支度を整えてくれるはずのマラガ夫人を遠ざけたのは陛下なので、陛下が手伝ってくれてもいいと思う。

（陛下に頼むのが駄目というのなら、仕方ありません）

「じゃあ、お義兄様を呼んでくださいますか？」

「はあぁぁぁぁっ？　なぜだ？」

陛下の大声に、耳を押さえた。ほんと、声が大きすぎる。

「なぜって、何がですか？」

で覆った。

「なんでエリアスを呼ぶんだ？」

「お義兄様に留めてもらおうと思って………」

「なんでエリアスならいいと思ってるんだっ!!」

「だって、お義兄さまは家族で、婚約者で未来の夫なわけですよね？」

なら、これくらいいいのでは？　という私の発言に、陛下は絶望の表情をしてそれを手で覆った。

（……あら？　これってもしかして、ビビのお説教案件なのかしら？）

聖堂育ちの孤児である私には、家族の距離感《きょりかん》というのがよくわからない。

ついでに言うと、帝国貴族のご令嬢の婚約者との距離感もよくわからない。

いつもはビビが隣《となり》にいてくれてあれやこれや教えてくれるのだけれど、いろいろ衝撃《しょうげき》があったせいか、今はまったく気配がない。

「………あの、そんなに変なこと言いましたか？」

「いや………思わぬ無知が発覚して反応に窮《きゅう》しただけだ。……いいか、そういう発言は今後一切《いっさい》、禁止だ」

「誰に対しても？」

「当然だとも!!　いいか、これはおまえのために言っている。おまえは、若く美しい令嬢だ。そんな令嬢に『外れてしまった背中のボタンを留めてほしい』なんて言われたら、ただの誘い文句としか思われない！　俺はおまえを――おまえの育ちや何者であるかを知っているから、他意のない発言だと理解できるが、他の男だったらその場で押し倒されてるぞ！」

「私が、ですか？」

私にまったく危機感がないことをおそれた陛下は、一周回ってそれが怒りに変わってしまったらしい。

「……………どうやら、姫は本当に危険にならなければわからないと見える」

お誂《あつら》え向きにというか何というか、ちょうどそこが寝台の上だったのが良かったのか悪かったのか………………。

トン、と軽く肩を押された。

ただ、それだけで私は寝台の上にぽすんと仰向《あおむ》けで転がった。

転がったというよりは、そのままマットレスに埋まった感じだ。

私の身体の両側に手をついた陛下が、ニヤリと笑った顔が目に入る。

（…………光ってる）

陛下の裡側で燃え盛る焰の勢いが少し増していた。

（綺麗な赤…………ううん、緋《ひ》かしら……閣下の青とまるで対《つい》をなすみたいな………）

私は一瞬たりともその光を見逃したくなくて目を凝《こ》らす。

陛下の顔が近づいてきた。

（…………陛下はお顔に傷があるんだわ）

間近で見て初めて気がついた。

「……随分《ずいぶん》と余裕だな、姫」

陛下の目が細められた。

「女がこうして寝台に押し倒されたら、抵抗できないということはわかっているのか？」

私の脚にまたがるようにして肩を押さえつけている陛下は、何だかとても悪い顔をしているように見える。

（ん？　……ん？）

確かにそういう風に押さえつけられてしまうとまったく動けなかった。

「…………つまり、姫は、俺の思うがままというわけだ」

顔がだんだんと近づいてくる——陛下の焔が、私の頬《ほお》を撫《な》でるような気がした。

それは不思議な感覚で…………そして、私の身体の奥で何かが揺らいだ。

（…………あ…………）

「いやっ」

顔を背《そむ》ける。

あの夜の燃えさかる炎を思い出した。

（……怖い。こわい。コワイ………）

ただ恐怖が募《つの》って、それだけに塗《ぬ》り潰される。

「ああああっ、待て待て待て、姫。俺が悪かった！　泣くなっ！　いや、暴れるなっ。ふぐっっ」

ジタバタと唯一動ける脚をがむしゃらに動かしたら、膝《ひざ》が何かにぶつかった。

陛下の圧力が弱まったので、さらに思いっきり膝を入れる。

「っぐっ………、この小娘っ！」

さっきより全然力のない怒声が部屋にむなしく響き、陛下が私の隣に身体を丸めて転がった。

お茶をいれて戻ってきたマラガ夫人が見たのは、寝台の上であらぬところを押さえて悶《もん》絶《ぜつ》する陛下と、寝台の端っこでそんな陛下を涙目で見つめる私だった。

これは、口が堅くフィアリス選帝侯家に忠実なマラガ夫人でなければ、間違いなく大《だい》醜聞《しゅうぶん》になるだろう光景だったのだけれど、幸いなことに、マラガ夫人はそれを見なかったことにして私の手をとり、別室にてきちんと身支度を整えてくれた。

「…………久しぶりに酷《ひど》い目に遭《あ》った」

部屋を替えたお茶の席で、ボソリと陛下が呟いた。

「陛下が悪いんです‼」

私は、間髪《かんはつ》入《い》れずに言い放つ。

「俺じゃなくて、姫の無防備さが…………ああ、待て、手を握りしめるな、膝蹴りの準備をするな！　無体《むたい》は働かぬから‼」

「…………陛下は、私に感謝すべきですよ！　だって、あのままだったら、謎の死体になってましたからね！」

（お説教はごめんです！　あと、万が一のことがあっても困ります）

私だって別に何も知らない小娘というわけではないので、よくよく考えれば陛下の言いたかったことも今の一幕の意味もちゃんと理解できる。

ビビに信じていいと言われたことも油断材料だったと思う。

なので、話を逸《そ》らしながら思いっきり釘《くぎ》を刺すことにした。

「は？　謎の死体？」

陛下が、頰《ほお》を引《ひ》き攣《つ》らせたまま首を傾げた。

「私の周辺――つまり、ラドフィア聖教の聖職者界隈《かいわい》では、嫌《いや》がる女性に乱暴しようとした人が、寝台の上で雷《かみなり》に打たれてまさかの感電死を遂《と》げたり、一瞬にして原因不明の心臓発作《ほっさ》を起こしたり、なぜか水が一滴《てき》もないところで窒息《ちっそく》したりする事件がたびたび起きるんです」

我らが神ラドフィアは、己《おのれ》に仕える者に清浄を望まれる。

成人してから誓言《せいごん》した人や老年期に入って誓言した人などもいるから、過去の婚姻《こんいん》関係の有無《うむ》に禁則事項《じこう》はない。

が、ひとたび聖職者になると、他者と肉体関係を持つことは禁じられる。

禁を破れば聖痕に異変が現れるのだ。場合によっては、ラドフィアの聖職者たる証と言っても過言ではない治癒術が使えなくなる。

そういう事情からラドフィアの神子《みこ》と呼ばれる私達のような聖堂育ちの聖職者は性的な方面に無知な者が多い。

一応、知識として男女の身体の仕組みだの何だのを一通り学ばされはするけれど、自分には一生縁がないことと思っているので、よくわからないまま寝室《しんしつ》に連れ込まれたり、押し倒されたりすることがあるのだ。

顔も見えないし性別がわからないことも多いのによくそんなことできるな、と言った人がいたが、世の中には特殊な思考の下劣《げれつ》な輩《やから》がいるのだと禁書庫の導師に淡々《たんたん》と諭《さと》されていた。ようは、ラドフィアの聖職者というのはわりと狙われやすい存在なのだ。

「…………ちょっと待ってくれ、それはいったい？」

「結構、有名な話ですよ。…………ラドフィアの聖職者に手を出すと呪《のろ》われるっていうのは」

私は脅《おど》しをかけるつもりでにんまり笑う。

見えていないだろうけど、たぶんビビがいたら怒《おこ》られる……自分でもすごく悪い顔をしている自覚はあるのだ。

（あるけど、ここが話の肝《きも》ですからね！）

「……帝国とは長らく国交がなかったですし、こういう不祥事《ふしょうじ》はとかく隠されるものですからあまり知られていないのかもしれませんね」

帝国の頂点たる皇帝陛下に、きっちりと認識してもらうのは重要だと思う。

「もしや、ラドフィアの呪いと常々噂されるのは…………」

「だいたいは、そういう事件を隠そうとして隠しきれなくて噂になっているのだと思いますよ。私達にとっては父なるラドフィアの、大いなる恩寵《おんちょう》ですね」

「……ほう。つまり、おまえを抱くと、死ぬのか？」

あれ？　思っていたのと反応が違う。陛下の表情がものすごくワクワクしたものになっている。

ここは畏《おそ》れてもらうところなんですけど！

「どうでしょう？　とりあえず、天井《てんじょう》までぶっ飛ばすことは確かですね！」

むん、と私は右手を握りしめる。

小さな拳《こぶし》だが、魔術込《こ》みなら威力《いりょく》はなかなかのものと思っている。

陛下が数度目をしばたたかせた。その瞳に浮かんでいるのは紛《まぎ》れもない好奇心《こうきしん》だ。

「何をしても良いって、お義兄様がおっしゃいましたし！」

多少文脈が違うかもしれないが、概《おおむ》ね意味は一緒だし、皇帝陛下が相手だったらダメ、とは言われていない。

「ん？　それはどういう意味だ？」

「危険を感じたら、実力行使に出てよい、と。私、武術にはそれほど明るくないのですが、魔術に関してはなかなかのものという自負があります」

陛下は破顔《はがん》した。カッカッカと大笑が響く。

「姫は、面白いな」

「は？」

面白いと言われる意味がさっぱりわからない。

ひとしきり大笑いした陛下は、私の手をとり、握りしめた拳をほぐすように一本一本の指を広げさせた。

その手はちょっとだけ震えていた。平気なフリをしていたけれど、自分でも気付かないうちにどこかで怖いと思う気持ちがあったのかもしれない。

「いいか、おまえの派遣を願ったのはエリアスだが、おまえが帝国にいる間は、俺の賓客《ひんかく》だ。この俺が、おまえを守ってやる」

陛下は自分で私のことを脅かしたくせに、とっても優しい声でそんなことを言う。

その目には楽しそうな笑みが浮かんでいたけれど、とても真剣《しんけん》な表情だった。

（――この人が、ビビが心から信じた人）

私は、魔術適性が高かったから、とても早くに守られる立場から守る立場になってしまった。もちろん護衛は必ずつく……でも、最終的には護衛も含《ふく》めて、皆、私が守るべき存在なのだと教えられた。

だから、こんな風に言われると、すごく嬉しいような、くすぐったいような気持ちになる。

「ありがとうございます」

ごく自然に笑みがこぼれた。

皇帝陛下は、くしゃりと私の頭を撫《な》でた。

そのぬくもりが心地よい。

私はくいくいと陛下の服の袖《そで》を引っ張った。

「……ん？　なんだ？」

「もっと優《やさ》しく撫でてください。ヴェールがよれます」

そう言うと、陛下は破顔した。

「ははははは、姫は撫でられるのが好きか？」

「別に誰にでもってわけじゃないです。でも、陛下に撫でられるのは嫌いじゃない……わ。たぶん」

素直《すなお》に好きだと言うのは照れ臭くて、でも、手を止めないでほしかったからちょっとにくまれ口みたいになってしまった。

「そうか、俺ならいいのか！　そうか、そうか」

ご機嫌《きげん》な声が響く。

頭の上の大きな手のぬくもりに、心がポカポカする。

私にも陛下の上機嫌が伝染《うつ》ったのかな、と思った。


それから、私達はいろいろな話をした。

私はビビに話してあげたくて、帝国の話を熱心に聞いたし、陛下は皇国独自の仕組みのことなんかを知りたがった。

特に陛下が興味を示したのは、『特許《とっきょ》』の『登録制度』のことだ。

「………ほぉ、それは面白いな。――――『特許制度』か。昔、似たようなことを話した者がいたが、まさかそれが皇国で実現しているとはな」

「はい。帝国でできるかはわかりませんけど、皇国では新しい魔術を編み出したり、登録されていない魔術を復活させたら、特許局に登録します。それが何らかの形で利用されるたびに登録者にお金が入ります。制度ができたおかげで魔術の研究が盛《さか》んになりました」

（もしかして、陛下にそれを話したのはビビなのでは？）

そう思ったけれど、それを問う暇はなかった。

「その魔術が正しいことを、どう証明するんだ？」

「特許局の局員の前で使用してみせないといけません。別に自分が使えなくてもいいですが、本当に正しく発動するかがわからないと、偽《にせ》の登録が増えるだけですから」

「そうだろうな」

「私の肩書《かたが》きに特許局の局長というのもあるので、本国にいる時は、確認《かくにん》の仕事をしたりもします」

「は？　姫、まだ成人したてなんだろう？」

「ええ、そうです。でも、皇国は帝国とは別の形で実力主義なので………年齢はあんまり関係ありません」

「ああ、そうか。ま、年齢や性別なんていうのは些事《さじ》だからな」

「そうなんです」

私は今、皇帝陛下の私的なお茶会の席に招かれたという体《てい》で、こうしてお話をしている。お茶会と言っても場所は陛下の居室で、出席者は陛下と私だけというこじんまりしたものだ。単におしゃべりをするだけの席だというので、お招きに応じた。

(というより、公の場で言われてしまったら、選帝侯家の姫であるリルフィアには、断る選択肢《せんたくし》はないんです)

とはいえ、陛下の興味はリルフィア当人ではなく、身代わりをしている私にあるようなので、もしこれが噂になったら本人には申し訳ないと思う。

でもさっきの一件もあって、私達の距離はとても近しくなっていたから、おしゃべりは普通に楽しかった。

「そっくり同じ制度はできないと思いますが、帝国の……失われゆく魔法を後世に残すためにも、何らかの記録をとるべきだと思います」

一般的《いっぱんてき》に、帝国で盛《さか》んなのは魔法だと認識されている。

対して、皇国で使われているのは魔術であるというのが一般的な見解だ。

でも、実際のところは、魔術と魔法を厳密に区分することは難しいのだ。

例えば、帝国貴族がその血に宿る精霊の御力を使うべきところを、私達皇国の聖職者はラドフィアの御力を借りて行い、同じ結果を得たりする。

だが、帝国貴族は魔法を使ったと言われ、私達は魔術を使ったと言われるのだ。

私の言葉に、陛下は口元に苦笑《くしょう》を浮かべた。

「――そうすれば、帝国貴族《俺達》は魔法を失わずに済むか？」

「いいえ……失うのを遅《おく》らせるだけです、たぶん」

「では、帝国でそれをして何になる？」

「……失うのを遅らせれば、それだけ待てるかもしれない」

ゆらりと私の目の前に光が降りる。

ビビのとろけるような髪《かみ》の色とは違う、黄金の光。

「何をだ？」

「新しい血。突然変異《とつぜんへんい》の…………進化の芽」

「……姫？」

陛下が訝《いぶか》しげにヴェール越《ご》しの私の顔を覗《のぞ》き込む。

「……すみません。今の、神託《しんたく》です」

「しんたく？」

「えーと、そういう名前の御技《スキル》です。どういうものか私もよくわかっていないんですけれど、未来の欠片《かけら》を言葉にするもので、いつどんな風に降りてくるのかは私にもわからないんです。だから、気にしないでください。『直感』とか『予言』とかと同系統の固有魔法みたいなもの、と思ってくれればいいです」

「いや、充分《じゅうぶん》な示唆《しさ》を得た。……神託を見たのは初めてだ」

陛下はどこか神妙《しんみょう》な顔をなさっている。

「そうですね……かなり珍《めずら》しい御技《スキル》なので。あの……それは内緒にしておいてくださいね。私、稀少《レア》な御技《スキル》がかなり豊富なので、バレたら誘拐《ゆうかい》されるってみんなに脅されているんです」

「………だろうな。まあ、安心しろ。帝国にいる限りは俺が守ってやる」

「はい」

こくりと私はうなづいた。

（………なんでこの人には素直にうなづいてしまうんだろう？）

閣下のことを考えると、未《いま》だに警戒心《けいかいしん》が募《つの》るのに。

（ビビが、信じていいって言ったからなのかな？）

それとも、私がこの人を特別に思っているんだろうか？

まだ会って何時間も経っていないのに？

ふと、気配を感じて、廊下《ろうか》に続くほうの扉に目をやった。

「ん？　どうした？」

「いえ、今…………」

何か騒がしい声が、と告げようとして、ばぁーんと大きな音がした方に視線をやる。大きく開いた扉の向こうに憤怒《ふんぬ》の塊《かたまり》のような青白い焔《ほのお》があった。

「失礼する！」

燃えさかる怒《いか》りの焔を背後にまとった閣下だった。

「よう、エリアス。……遅《おそ》かったな」

陛下はニヤニヤといたずらを仕《し》掛《か》ける子供みたいな顔で笑いかける。

「き〜さ〜ま〜〜」

まるで地獄《じごく》の底から響いてくるような声音《こわね》だった。

その後ろから、閣下の部下のような方が冷《ひ》や汗《あせ》を掻《か》きながら追いかけてきて、陛下に奇《き》妙《みょう》なハンドサインを送っている。

たぶん、バレました！　とかそんな感じの意味のように思う。

「そこへなおれ！」

「やなこった」

まるで子供のケンカだ。

閣下は、私の目の前で容赦《ようしゃ》なく陛下に説教をはじめた。

普段《ふだん》の力関係というか、人間関係がとてもよくわかる光景だった。

(これ、私が見ていていいんでしょうか?)

帝国二大巨頭《きょとう》——もとい、皇帝陛下と宰相《さいしょう》閣下である。

閣下が陛下の非を一方的に並べたて、陛下は悪い悪いと謝るけれど反省の色は皆無《かいむ》で、閣下はその様子にさらに怒りの度合いを上げるという悪循環だ。

「リルフィアッ」

「はいっ」

突然流《とつぜんなが》れ弾《だま》がきて、私はびっくりして飛び上がった。

(え? 私もお説教なの?)

ビクビクしていたら、閣下は顔に手をやって、はぁぁぁぁと深く息を吐《は》いた。

「………すみません、怯《おび》えさせるつもりはありませんでした」

コクコクとうなづく。お説教じゃなければ平気、たぶん。

「申し訳ありませんでした。私がついていかなかったばかりに、こんなことに」

陛下に向けていたのとはまったく違う柔らかな表情で、閣下は私の方を見る。

「あ、いえ………」

心底申し訳ない、という表情だ。

閣下は私の足下に膝をつき、目を合わせるようにしてこちらを覗き込んでくる。

「身体は大丈夫ですか？　このバカが絞め殺《しころ》すところだったと聞きました。マラガ夫人からの報告を、そこの秘書が差し止めていましてね……………そういう陛下の口車に乗る秘書は、休日出勤プラス一割の減給の刑《けい》に処す予定でおります。まあ、それは今はどうでもいいことです…………」

閣下は私の耳元で、他の人には聞こえないように「彼から減給した分を貴女への迷惑《めいわく》料《りょう》として上乗せしますね」と言ってくれた。

この短期間で、閣下は何が私を一番喜ばせるかを理解したようだ。

（そうなんです…………お金が嬉しいんです。でも、全部がお金で片付くわけじゃないですけど！）

だが悲しいかな、条件反射で頬が緩んでしまう。

「……良かった。機嫌を直してくれましたね。怖《こわ》い思いをさせたかもしれませんが、もう大丈夫ですか？　リルフィア」

「はい」

コクコクと私はうなづいた。たぶん思いっきり目が輝いていただろうし、ヴェール越しで表情がわからなくても、喜んでいることは一目瞭然《いちもくりょうぜん》だっただろう。

「良かった」

閣下は、そっと私の手をとって手《て》の甲《こう》に恭《うやうや》しく口づけた。

「なんだ？　俺が頭を撫でてやるよりご機嫌じゃないか」

陛下がからかうような表情で私達を見る。

「陛下には秘密です。……そうですよね、お義兄様」

陛下に守銭奴《しゅせんど》だとバレたくない、と思う程度の気持ちは私にもあるのだ。

「ええ。………秘密なんですよ、陛下」

閣下は、ふんっと思いっきり煽《あお》るような笑みを浮かべる。

「………お義兄様、それ、陛下に向けてよいお顔なんですか？」

私は顔の良《よ》し悪《あ》しはわからないけれど、感情が込められた表情というのはわかる。普段の顔と感情の込められた顔とでは、輝きが違うから。

「いいんですよ。今は謁見《えっけん》でも何でもないごくごく私的な場ですからね」

「この場は無礼講だ。だから、姫も楽にしてていいぞ」

「ありがとうございます、陛下」

「硬《かた》い、硬い。俺のことはラディールでいい」

私はふるふると首を横に振る。

「ダメです。殿方《とのがた》のお名前を呼ぶのは、特別なことだと教えられました」

ビビに厳しく言われているのだ。

私は、呼びませんよの意味を込めて、しーっと唇の前に人差し指を立てる。

陛下と閣下はぴたりと動きを止め、それから二人とも顔に手をやった。

「…………どうかなさいました？　お二人とも」

「…………いいえ、リルフィア。何でもありません。でも、そういうしぐさはあんまりしてはいけませんよ」

「？？？？？」

帝国貴族のご令嬢のマナーに違反《いはん》するようなしぐさではないと思うのだけど。

「…………姫は、可愛らしいな」

陛下がこちらに柔らかな表情を向ける。

「…………子供扱《こどもあつか》いしないでくださいませ。というか、今更ですけど私の前でこんなにくだけてしまって良いのですか？」

言外に私、身代わりなんですよ、という意味をこめて言うと、お二人はとてもよく似た様子で肩を竦《すく》めた。

「問題ないな。皇国の人間の口の堅さは信用してる」

「守秘義務違反はなさらないでしょう、貴女は」

「もちろんです。それに私、もう成人済みですから」

私は胸を張る。

「ああ、そうだったな。リルフィアとしても今度の夜会で無事に成人だな」

「はい。夜会ではしっかりと大人であることを証明しますね」

これは、しっかりと身代わりを務めますね、という決意表明だ。

「大丈夫ですよ。私がちゃんとエスコートしますから」

閣下が私に笑みを向ける。

なぜか、今までのつくっていた表情ではなくて、本当に心から笑いかけてくれているのがわかる。

（……馬車の中とは大違いだ。いったいどうしちゃったんだろう？）

不思議に思っている私を見て、陛下が心底おかしそうに笑っていた。


閣下を交えて、お茶会は仕切り直された。

可哀想《かわいそう》なことに、閣下の秘書さんは陛下の甘言《かんげん》にのってしまったばかりに閣下の代理で書類の山を片付けることになってしまったのだ。

「さーて、姫、エリアスも来たことだ。ちょっと腹を割った話をしようじゃないか」

「ディール、もう少し取り繕えっ」

「いいじゃないか、ここには、俺とおまえと姫の三人きりだ」

　その言葉に私は首を傾げる。

「……そちらにいる方は？」

　私はちらりとベランダの方を見た。

　横目で見た閣下は、すぐさま顔に手をやって深い溜め息をつき、きょとんとした陛下が笑い出す。

「……随分と気配に聡《さと》いんだなぁ、ラドフィアの聖女ってのは」

「……あれはこの人の護衛ですよ。一応、これでも皇帝陛下なので」

「一応って何だ、一応って」

「ここは別におまえだけの巣じゃないからな。……リル、だから、気にしないでください。防音の結界は張ってあります。ここでの話が外に漏《も》れる心配はない」

　立ち上がった閣下は、広々としたソファの真ん中に座っていた私の右隣《みぎどなり》にボスンと腰《こし》を下ろす。

　そうしたら、それに対抗《たいこう》したのか対面のソファに座っていた陛下が私の左隣《ひだりどなり》にボスンと座った。

「は？」

　私はそーっと右側の閣下の方に身を寄せる。

「なんだ、俺を警戒してるのか？」

「………いろいろありましたので」

「確かにな。俺も姫のおかげで全身が震えるような衝撃を味わったぞ」

「あれは陛下がいけないんです！」

私は口を尖らせて言い募った。

「わかった、わかった。……でも、さっきはちょっと懐《なつ》いてくれてただろうが」

陛下は宥めるように私の頭を撫でる。

「言い方悪いです！」

私は愛玩《あいがん》動物じゃないんですよ！　と再度口を尖らせた。

正直なことを言えば、今の自分は陛下に対してだいぶ警戒心はなくなっていると思う。

他国の人なのに。

（だって……守ってくれるって言ったから……）

彼の言葉を信じているからだ。

「まあ、何せここは大陸一の蛮族《ばんぞく》の国で、俺は蛮族を統《す》べる長だからな！　仕方がないと思ってくれ」

大陸一の野蛮な国、というのは帝国に対する悪口だ。先代の猊下《げいか》の口癖《くちぐせ》でもある。

「ダメです」

私はそっと陛下の唇の前に自分の人差し指を立てた。

「え？」

「他の誰がそう言っても、あなただけはそう言ってはいけない。あなたはこの国の玉座の主なのだから」

「…………」

「帝国は、精霊達のつくった鋼《はがね》の国——剣《けん》と魔法と竜《りゅう》の国です」

私は古詩の言い回しを口にする。

「……ほう？　ならば、皇国は？」

古い詩の言い回しというのは、失われてしまった『旧《ふる》き言葉』に準じている。美しい音の組み合わせが多くて、口にすると綺麗に響くので私はよく使うようにしている。

「大神《ラドフィア》の眠りし暁《あかつき》の国です」

「……なるほど面白いな、気に入った」

皇帝陛下は、満面の笑みで笑った。

陛下の裡《うち》に輝く囂々《ごうごう》と燃えさかるような緋《あか》が、黄金の輝きを帯びて見える。魔力《まりょく》が凝縮《ぎょうしゅく》したかのようなその髪がゆらりと揺らいだ。

「姫君、どうだ、俺の花嫁《はなよめ》にならないか」

「あっ？」

自分でも驚《おどろ》くほどの低い声が出た。

「何言ってんだ？　こいつ」の心境から、ものすごく姫君ならざる表情になっていると思う。ほんと、何度も繰り返し言ってることだけどヴェールがあって良かった。

（ラドフィアの聖職者についてあんなに説明してあげたのに、この方ちゃんと聞いていなかったのかしら？）

すぐ横でバンッと大きな音がして、次の瞬間、怒声《どせい》が響いた。

「ふざけるなっ、この脳筋馬鹿がっ」

私は思わず耳を押さえる。

閣下だ——あのどちらかというと、冷ややかで大声なんかあげそうにないお義兄様が両手で机を叩《たた》いて立ち上がっていた。

「エリアス、落ち着け」

身を起こした陛下はまあまあ、というように手をひらめかせる。

「この上なく落ち着いてるわっ、おまえが馬鹿なことさえ言い出さなければな！」

目を大きくかっぴらいて陛下を睨みつける閣下からは、これまでの穏《おだ》やかで貴公子然とした立ち居振る舞《ま》いが完全に行方《ゆくえ》不明になっている。

（あ、悪魔《あくま》がいる………）

ちょっと遠ざかりたいと思うくらい恐《おそ》ろしい形相なのに、どさくさに紛れて真ん中の私をぐいっと腕の中に抱き寄せた閣下は、まるで噛みつきそうな様子で陛下と対峙《たいじ》する。

「馬鹿なことなんかじゃないぞ。俺は、本気だ」

どこまで本気かわからない軽《かろ》やかなその口調に、閣下の頬がひくりと引き攣った。

「本気？」

「おう、そうだとも。俺は、姫君に婚姻を申し込む！」

（………それ、閣下には悪手なのでは？）

案の定、ちらりと見えた閣下のまなじりがギリギリと吊り上がり、ますます恐ろしいことになっている。

私は、陛下の腕の中から強引に取り返されて、閣下の背に隠された。

「……き〜さ〜ま〜〜」

「落ち着けってば、俺だって適当にこんなことを言ってるんじゃない」

「彼女は、私の婚約者だっ‼　その意味がわかってないのか！」

「わかっているとも。……なあ姫君、俺は悪くない男だぞ。細かいことは気にしないし、姫君を守《まも》り抜く力もある。何と言っても皇帝だ。この大陸の半分とまでは言わないが、かなりの版図《はんと》をしめる大国の皇帝で、たぶん、大陸一の金持ちだぞ」

閣下が私を隠すその横からひょいっとこちらを覗き込んで、陛下は笑顔で自分を売り込んでくる。

他はどうでもいいけど、最後の言葉にはちょっとだけ心が揺らいだ。

大陸一の金持ちってすごく心惹《ひ》かれる口説《くど》き文句だ。ビビがいたら、速攻《そっこう》で警告が入るだろうけど。

「………私、年金は満額もらうつもりなのです」

「なんだ？　俺と結婚したらもらえないのか？」

陛下は私の顔を覗き込む。私はこくとうなづいた。

「還俗《げんぞく》すると、それが半額になってしまうんです」

予定では、私の年金は史上最高額になるはずなので、半額になるとかそんな惜しいことはできない。

「なら減額分は俺の個人資産で埋め合わせするぞ。………もちろん、俺が死ねば全部おまえのものだと遺言《ゆいごん》も書いておく」

「………あのですね、陛下の個人資産はとっても魅力的《みりょくてき》なんですけど、命を狙われたり、美しい女性達に絡《から》まれたり、いびられたり、それから、さまざまな公式行事なんかで添《そ》えものの花を演じる対価としては、正直全然足りないと思うんです」

私はとっても残念なんですけど、という気持ちを滲《にじ》ませて告げた。本当はあんまり残念じゃないんだけど、そこはそれ。きっぱり断ったら角が立ちそうだ。

「それに………例えば、陛下が譲位《じょうい》というか退位をなさる時が来たら、その妃《きさき》の身だって無事では済まないことは歴史が証明しています。共に墓に入れとばかりに殉死《じゅんし》を強制されたり、あるいはまるで勝利の褒美《ほうび》……玉座を奪《うば》った戦利品とばかりに次の皇帝の妃にされるくらいならまだしも、妾《めかけ》にされた方もいらっしゃいましたし……。先帝《せんてい》の妃としてお静かにお暮らしくださいとかで田舎《いなか》に引きこもらせてくれれば最高だけど、大概の場合、それもままならないと思うんですね。陛下の個人資産がどのくらいかはわかりませんが、資産をもらうだけじゃ意味ないんです。使えなきゃ！　……そういうことを考えると、皇帝陛下の妃ってあんまりいいお仕事じゃないと思います」

「……………おしごと？」

「ええ。妃なんてお金にならない仕事、断固お断りです」

陛下がおかしな表情で繰り返すから私はしっかりとうなづいた。

「まあ……………そうかもしれんが……………仕事扱いか…………」

釈然《しゃくぜん》としないという顔で陛下はブツブツ呟《つぶや》いている。

「その点、ラドフィアの聖職者は素敵《すてき》なんです。自由度が高い！　もちろん、地位が上がれば自由度が失われるのはどこも一緒なんだけど、私達の地位は血縁《けつえん》等では引き継《つ》がれないものだし…………」

「おまえは自分の子供を高い地位に上らせたいとは思わないのか？」

「私達は清浄な身をラドフィアに捧げることになっていますから、子供を持つ予定はありません。………あと、万が一、私が還俗しても子供を産めるかもわかりません」

「どういうことだ？」

「この身はラドフィアに捧げられたものですから。私は聖堂育ち――大聖堂付きの孤児院で育っています。んー、こういう言い方ならわかるでしょうか？　私は、『純血の聖職者』なんです。だからこそ『奇蹟』の使い手なのです」

広範囲《こうはんい》にわたる治癒術――三座に上る聖職者は範囲《はんい》の大小あれど必ず使えるものだ。

「でもその『奇蹟』には代償《だいしょう》が必要なんです」

陛下と閣下が、神妙なお顔で聞いているのが何だか少し面白かった。

「……もしや、代償は生命、とかなのですか？」

閣下がおそるおそる……という様子で口を開く。

「いえ、そこまで恐ろしい話ではありません………まあ、突《つ》き詰めればそういうことなのかもしれませんけど」

私達はいつの間にか三人で一つソファに寄り集まってやや声を潜《ひそ》めるようにして話し込んでいた。

「あのですね、帝国の方にわかりやすいように言うならば、『奇蹟』を使うには体中に魔力を巡らせて燃やさないとダメなんです。当然ものすごく疲労《ひろう》するし、体内の器官は普通に生きるよりも酷使《こくし》されます――おそらくはそのせいで、還俗した聖職者は子供ができにくいっていう予測をたてた研究者がいるんです。もちろん、原因はそればかりではないですけど……」

そういう風に教えられてはいるものの、実際私はあんまりピンときていない。だって当たり前のことなのでは？　って思うから。

「…………何てことだ」

陛下と閣下はどちらも酷い表情で絶句している。

「聖職者があんまり長生きじゃないって言われているのもおんなじ理由です。聖堂では、『奇蹟を使うたびにラドフィアに近づく』っていう言い方をしてますけど」

「……でも、お年を召した聖職者も多くいらっしゃいましたよね？」

閣下の言葉に私はうなづく。

「元々の魔力量が多かったり、魔力回路が丈夫だったりするからです。…………ようは無理に『奇蹟』を連発したり、無茶な魔術を使わなければ別に何てことはありません。聖職者が長生きしないっていうのはただの迷信です」

「…………本当に迷信ですか？　それは、虐待《ぎゃくたい》ではないのですか？」

「そんな大げさなことではないです。陛下やお義兄様だってしていることですよ」

「は？」

「私達が、ですか？」

「はい。あなた達が魔法を使う時にしているのと同じこと。魔法も魔術も、人の身には過ぎた力を行使するものなんです」

二人は納得しきれない顔をしているけれど、私は続けた。

「それに、聖職者は身を清浄に保つ必要があります。なので、聖職者で在り続ける以上、子供を持つ予定はありません……それよりも一人でも多くの人を苦痛から救う方が大事だと考えるんです、私達は」

「ひでぇ教育だな」

皇帝陛下が吐き捨《す》てるように言ったので、私はむっとした。

「それ、おんなじことを言ってあげます」

「どういう意味だ？」

「別に皇国の……聖教のすることがすべて正しいなんて思ってませんし、酷い点もたくさんあると思うわ。でも、できるだけ多くの人を助けようという志《こころざし》は素晴《すば》らしいことだと思ってます。そのために私達が、多少の犠牲《ぎせい》を払《はら》うのは仕方ないかなって言えるくらいにはね。……帝国だって薄《うす》れゆく血統魔法を繋《つな》ぎとめるために非人道的って言えることをいろいろしているじゃないですか」

私、ちゃんと知ってるんです。

「それに……何度も蒸《む》し返して申し訳ないけれど、二年前の一件だって、そちらの計算ずくだったって、ちゃんと知っているわ――――それが、血統魔法を継ぐ子供を手に入れたいがための苦肉の策のうちだったたって」

私はにっこりと笑う。

帝国貴族が血統魔法を維持《いじ》するためにしていることは、私達からすれば虐待どころの話ではない。

結果として、女性の人権を無視したさまざまな酷いことが、まるで当然であるかのように行われている。

フィアリス選帝侯家に取り込まれてしまった治癒術師が、純粋《じゅんすい》に恋《こい》に落ちただなんて、聖堂では誰も信じていなかった。

仕組まれた恋だったのだと、それにまんまと堕《お》とされたのだと知っている。

(フォルリ枢機卿《すうききょう》の弟子《でし》の一人だったんですよね、確か…………えーと、名前はアマーリアさんだったかな？)

私にまったく縁がない人ではなかったし、ちゃんと聞いたはずだけどその人の名前はうろ覚えだ。

私の言葉に、皇帝陛下は軽く目を眇《すが》めてから笑った。

それは、強い人特有の優しい笑みだ。

己の強さを知る者の余裕《よゆう》の笑いとも言える。

「…………姫君は、賢《かしこ》いな」

いつもだったらそんな風に言われれば子供扱いされたと思って腹をたてるところだけれど、不思議とそんな風には思わなかった。

目の前の陛下に、私を馬鹿にする態度が全然なかったから。

「賢くありたいとは思っていますけど、私はまだまだです」

性格はともかくとして、私が目指すのはビビなので、いつもまだまだ足りないなって思っている。

ただ、私はビビより性格が悪いのだ。それが幸いすることも多々あるので、そこは直さずに日々努力を重ねていくつもりだ。

（諦めなければ、何だってできるんだから）

「それにね、どんなに頑張っても、皇国の治癒術を帝国が手に入れることはできないんですよ」

ふふ、と小さく笑うと、はぁぁぁぁ、と陛下が長い息を吐いた。

「…………そこまでお見通しとは恐れ入ったよ、姫君」

私を背にかばってくれている閣下の背中からも力が抜けた。

「なあ、姫。やっぱり、俺の嫁になってくれ」

「は？」

「子供なんていらん。血統魔法も、治癒魔法もどうでもいい。俺は、姫のような面白い女と人生を共にしたい。姫が一緒なら、さぞかし毎日が楽しくなるだろう」

陛下の緋色の焔が、キラキラとした黄金の輝きを帯びていた。

それが心底本当の、掛け値なしの真実の言葉だというのはわかる。

だから、私は困惑してしまう。陛下のその真実を退けるほどの強い何かは、まだ私の中にはないから。

「私………」

どうしていいかわからないまま、お断りの言葉を口にしようとした時だった。少し乱暴に扉がノックされて、こちらの返答がある前に乱暴に開かれる。

「失礼いたしますっ！」

「何事だっ」

反射的に陛下が声をあげる。二人とも剣に手がかかっていた。

思わず私が両手で耳を塞《ふさ》いだのを見た閣下は、守るように腕の中にかばってくれる。

（陛下、声が大きすぎ！）

「たった今、ゴドウェル選帝侯が精霊教会の大司祭様と御登城されました。至急の謁見を求めております」

「………あ〜〜？　至急〜？　俺の今日の仕事はもう終わりだって言っただろうよ」

「はい。ですが、精霊教会で精霊王の御声をいただいたとのことで、今すぐの謁見を求めておられます」

「精霊王の御声？」

なんだそれ、と思ったのはどうやら私だけのようで、陛下と閣下は至極《しごく》面倒そうな顔をしている。

「…………で？　どなたの声だと言ってる」

「水の御方のご託宣《たくせん》とのことでございます」

「フィアリスの…………」

陛下が閣下と、ついでに閣下の腕の中の私の方を見る。

フィアリス選帝侯家はその家名の通り、水の精霊王の血筋なのだ。

（何か、追加報酬《ほうしゅう》の気配がします！）

私は内心ちょっとワクワクしながらも、神妙に見えるようにそっと閣下に縋《すが》ってみせた。

《幕間》皇帝陛下と宰相閣下の秘密の話

「しっかし、妙なことになったもんだな」

いつもの定位置――宰相執務室《さいしょうしつむしつ》の長椅子に寝そべったレクターは、真面目《まじめ》な顔をして執務机に向かう己《おのれ》の宰相――エリアス・イェールの方をちらりと見やった。

エリアスは、こちらを見ようともせずに手を動かしている。

レクターが内政的なことを丸投げしているせいで、エリアスはレクター以上に忙しい。帝城に『皇帝』がいなくても帝国は回るが、『宰相』がいなければ回らないと言われるのはそのせいだ。

もっともレクターとしては、それが正常な帝国の有り様だと思っている。帝国皇帝が武人であり、『選帝選《せんていせん》』において選ばれる以上、絶対に空位期間というものがあるからだ。

空位の間も帝国は停滞《ていたい》してはならない――ならば、皇帝がなくとも回るような機構《きこう》をつくればよい………それがレクターの考えである。

「妙、というのは？」

「おまえが身代わりを連れてきた途端、奴らが仕掛けてきた…………何なんだ？　この時機の良さは」

「さあ…………おまえはよほど天に愛されているようだな」

「俺か？　俺ではないだろう」

「私であるはずがない。私が天に愛されているのなら、リルを奪われたりはしなかった」

エリアスは顔をあげ、ほんの一瞬だけ、自嘲《じちょう》するような表情を見せた。

「…………で、奴らの持ってきた水の精霊王の託宣とやらを、おまえは一蹴《いっしゅう》したわけだが、本当にそれで良かったのか？」

「逆に聞くが『相応《ふさわ》しからぬ者が座にあるがために水源が汚染されようとしている』なんて託宣をおまえは認めるのか？　相応しからぬ者というのは。私か？　おまえか？　あんな馬鹿馬鹿しい託宣とやらを精霊王からのものだと信じれば、それだけで水の精霊王の怒りを買いかねない」

「…………そうなのか？」

「そうだとも。そもそも、フィアリス選帝侯である私を抜きに『水の精霊王《フィアリス》』の託宣がくだるはずがない――――『水の御方』だなんて呼び方で誤魔化したのは、『水の精霊王《フィアリス》』の名を口に出せば、その怒りを買うことがわかっているからだ。こっちが強く言い立てたら、今度は水の高位精霊だとか何とか言い出した。そんなの信用できるか」

眉根を寄せて、レクターの方を見る表情は険しい。よほど気に入らなかったらしい。

「おまえがけちょんけちょんに論破《ろんぱ》したがな」

「当たり前だ。おまえにだってわかっていただろうが」

「いや、フィアリス選帝侯であるおまえがいるのに、俺が水の精霊についてあれこれ言うのは僭越《せんえつ》だろう？」

「…………そうかもしれない」

面白くなさそうにエリアスは言った。

「奴らは自分達で『託宣』とやらを成就《じょうじゅ》させるつもりなんだろうな」

「ティセリア湖の水源の警備を厳重にしておくが、やると思うか？　再び『水の精霊王《フィアリス》』の怒りを買うぞ」

「…………やりかねない、とは思っている」

「いくら精霊教会でもそこまで落ちたとは思いたくないが…………」

エリアスはそう言ったが、彼らに他に手段はないと思っていることは明らかだった。

「……さっき、ゴドウェル達に言っていた、高位精霊なんてものはいないっていうのは本当か？」

「ああ。…………精霊達は自分達で高位だの低位だのなんて格付けはしていない。王とそれ以外がいるだけだ」

「…………詳しいな」

「……リルが教えてくれたことだ。あの子は本当に精霊に愛されていたから」

リル、そう呼ぶ響きは何よりも優しい。

その響きは本来、真実の義妹《いもうと》に与えられるもので、身代わりの娘へのものではない。

この男の義妹とそれ以外を区別する境界はとても強固だったはずなのに、最近、それが揺らぎはじめている。

それが面白くて、レクターは思い出し笑いをしながら言った。

「それにしてもおまえ、面白い女を連れてきたな」

「……女？　女というよりは、まだ少女だろう」

「まあ、年齢的にはな」

「あれは、『女』にはならないだろう。――――『ラドフィアの神子《みこ》』だ」

ラドフィア神聖皇国《しんせいこうこく》の聖職者は皆、眠れる神ラドフィアの子供であるという。その中でも、聖都大聖堂の孤児院《こじいん》で育ち、そのまま聖職に就《つ》いた者達だけが『ラドフィアの神子』とか『生粋《きっすい》のラドフィアの子供』なんていう呼び方で呼ばれているのだ。

「確かになぁ……俺が押し倒しても、媚《こ》びも色気の欠片《かけら》も出てこなかったな」

「あぁっ？　おまえ、何してるんだ？」

書類を書き進める手を止めたエリアスが、酷《ひど》い顔で睨《にら》みつけてきた。

エリアスは、あのまだ幼げな聖女に対し、どうやら義妹を重ねて見るようになってしまったらしい。

(あれは、身代わりなんだがな。しかも相当なじゃじゃ馬だ)

それを指摘しても、当人はわかっている、と言うだけだろう。

「何もしてないって………」

ヒラヒラと手を振ると、エリアスはドンッと執務机に両手をついた。

「本当だって。あんまりにも無防備《むぼうび》だからちょっと脅かしてやろうと思って押し倒したら、さすがに驚かせすぎたみたいでな……暴れるのを取り押さえようとしたら、ものの見事に膝《ひざ》が入った」

「………どこに?」

「言えないところにだ」

「自業自得だ。………あんな少女に悪さをしようとするからだ」

「そこまでする気はなかった! あんな幼げなのに手を出せるかよ」

「どうだかな………」

信用がないのはこれまでの蓄積《ちくせき》のせいなので致し方ない。

男嫌いの女嫌いの人間嫌い――――この世界で義妹だけが特別なのだと嘯《うそぶ》く男は、レクターが共犯者だった女を失って呆然としていたら、いきなり彼の背中を蹴飛ばして、彼の世界に乱入してきた。

おまえには権利があるくせに、と憎悪の瞳《ひとみ》で睨みつけ、このまま立ち尽くしているつもりなら自分の傀儡《かいらい》になれと言い放った。

幼い頃より天才と言われ、斜陽《しゃよう》の帝国を支えるのは自分をおいて他にないと自負していたレクターにそんなことを言った者は他にいない。

誰もが彼に遠慮《えんりょ》をし、誰もが彼を褒めそやした。それは家族であっても同じだし、十代で『ヴィイ』となって後は、両親でさえ彼に敬語を使い一歩引いて話をした。

『しょうがないじゃない。冠《かん》する者は常に孤独《こどく》なのよ――あなたは、それに慣れなければ駄目。私達は九竜の玉座を担う者……平凡な幸せとは無縁なの。選帝侯家に生まれたからには、死ぬまで帝国と帝国の民を守って生きるのよ』

彼の孤独を知っていた光のような女は、なおも言った。

『平凡な幸せとやらが欲しいのなら、生まれ変わってからになさい。選帝侯家に生まれたその時から、私達とは縁がないものよ』と、レクターの感傷《かんしょう》を鼻で笑ったのだ。

彼女のことを思い出すたびにレクターの心の奥の柔らかいところが痛む。

あの時、レクターが躊躇《ためら》われなければ……あんなことを考えなければ、彼女は今も生きていたのかもしれない。

エリアスは、突然失ってしまったその女には全然似ていなかったけれど、彼にずけずけと話をするところは一緒だった。

それがあんまりにも面白くて、ついでにその言い分があんまりにも酷かったので、共に歩いてくれるよう願った――快諾《かいだく》はしてくれなかったものの、エリアスの望みとレクターの望みは反するものではなく、同じ方向に進むことで叶えられるものだったので、彼らは互いの手を取ったのだ。

(…………あれから、十年が過ぎたのか)

レクターにとって、この十年というのはただ夢中で駆け抜けた十年だ。エリアスと二人、斜陽の帝国を改革し、新たな道を切り拓《ひら》いていくことは、命が幾つあっても足りないような日々を繰り返すことだった。

レクターは何度も己の命とエリアスの命を掛けて危ない橋を渡り、勝ち続けてきた。

(その結果が、現在《いま》だ)

帝国にもはや滅びの影はなく、かつてない繁栄の道を歩み出している。

とはいえ、除去しきれない病巣は今も残る。あまりにも根深いところにあるために、完全に取り除くには激しい痛みが伴《ともな》うことだろう。それを恐れるつもりはないものの、うっかり痛みで死んでしまっては困るのだ。

「………で？　どうなんだ？」

「何がだ？」

「だから、身代わり聖女は、うまくやれそうなのか？　条件が最も適合しているとはいえ、なかなか難しい役割だぞ」

「やってもらわねば困る――が、あの娘ならばうまくやるだろう。というか、あの娘にできないのなら他の誰にもできない。それくらい、頼りになる」

「絶賛だな」

「――機転《きてん》が利くし、頭がいい。それと………おまえと同じ意見なのは業腹《ごうはら》だが、面白い」

「お、なんだ、おまえもそう思ったんじゃないか！　エリアスは、どんなところが面白いと思ったんだ？」

「――守銭奴《しゅせんど》なところ？」

語尾が疑問形だった。

「なんで守銭奴？」

「いや、追加報酬って言うと嬉しそうに笑うのが面白くて………」

「いや、まあ、そういうのならありなのか？」

きっと彼女が性的な匂いのまったくしない少女であることもエリアスが好意を抱く理由

だろうとレクターは思っていた。

「その聖女様は、今日はどうしているんだ？」

「夜会に向けていろいろマナーのチェックなんかをしている。家庭教師として準備した侍《じ》女《じょ》が舌をまく出来で、教えることがほとんどないと言っていた」

「それはすごいな」

「あと、彼女にそれを教えた人間は、帝国の人間だろう、と。それも、相当高位の」

「なぜ？　彼女は皇国の人間だろう」

「さぁ。私にもわからない。ただ待女が言うには古式から新式、略式に至るまですべてのマナーを網羅《もうら》していて、それがすべて帝国女性の最上級の格式のものだったそうだ」

「へえ……どこの誰か調べられるか？」

最上級の格式のマナーなど、選帝侯家にまつわる者しか必要ないものだ。

「調査はするが、期待はするな。宗教が絡むと難しいんだ」

「わかってる。…………そういえば、領地の方の義妹はどうした？」

「領地の方の……？　ああ、あちらはどうも、どこぞのタヌキが仕掛けた罠《わな》にまんまとはまったようだ」

「罠？」

「…………そろそろ潮時《しおどき》かもしれない」

「ふ〜ん。処分するのか？」

「いや、あちらから仕組んでくるだろうからそれまで待つ。うまく利用して、綺麗に終わりにしたい」

「処分の手間も惜《お》しいってか？」

「いや。最後まできっちり使いきりたいだけだ」

「おまえに情ってもんはないのか？」

「多少はあるつもりだが？　まあ、飼い主の手を噛むような飼い犬には情の湧きようもないが………。そうだな、仕掛けてくるのなら、舞台はリルのお披露目会だろう」

真面目な顔でエリアスは言う。

「そうだろうな」

「狙い通りだった時は、彼女を本物にしようと思っている」

はっきりとした口調だった。

「ほぅ。どうやって？」

「………私が言いきればそれで確定だろう、と言いたいところだが、事はそんな単純でもない。まあ、臨機応変《りんきおうへん》にだ」

「臨機応変ねぇ………」

エリアスにしては煮えきらない言葉だった。

「それよりも、リルはおまえの求婚に絶対うなづかないぞ」

「何でだよ！　結構本気で求婚したぞ」

「何というか………教育の成果、ってやつなんだろうな。あの年齢の子供であっても、きちんと国の理念を理解し、己の為《な》すべきことを果たしている自覚がある。しかもしっかり自尊心《じそんしん》を持ち、信念がある。結婚なんかに夢を見ていないんだ」

「だから、お仕事として最悪だとか言われるわけか………」

ピクッと二人は動きを止めた。

何者かの気配がこちらを探っている。

「………ゴドウェルの手の者だな」

レクターの断言にエリアスは渋い顔をした。

「なあ、一度聞いてみたかったんだが、ゴドウェルは何であそこまでおまえを嫌っているんだ？」

「彼は、私がリルに実権を渡さずにフィアリス選帝侯家を乗っ取ったと思っているから」

「それの何がいけないんだ？」

「さあ。………リルが望むのなら、私はいつだって侯位も爵位《しゃくい》もすべて譲るのに」

呟《つぶや》くようなエリアスの言葉は、どこか祈るような響きを帯《お》びていた。

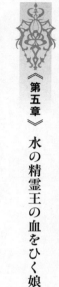

《第五章》水の精霊王の血をひく娘

「随分《ずいぶん》な仏頂面《ぶっちょうづら》をしているようですね」

クスクスと閣下がおかしげに笑う。

濃紺《のうこん》を基調にした夜会服は閣下によく似合っている……らしい。まあサイズがぴったりなのはわかるし、閣下の髪色《かみいろ》からするとこういう濃《こ》い色は全体のバランスが良《い》いから、たぶんそういうのが〝お似合い〟ってことなんだろうなと思う。

「見えてないくせに………」

ぼそっと私が言うと、閣下はさらに笑った。

「きっと機嫌《きげん》が悪いのだろうな、とは思っていました――貴女《あなた》は面倒臭《めんどうくさ》いことが嫌《きら》いなようだから、朝からずっと続いていた夜会の支度《したく》にいい加減うんざりしているだろうな、と」

「その通りです」

初めて会った時から迷走していた閣下の口調は、私を『貴女』と呼び、義妹《いもうと》ではあるけれど丁寧《ていねい》に淑女扱《しゅくじょあつか》いするところに落ち着いた。

「それで？　今日の成果目標とかはどのあたりに置いておきますか？」

私はむすっとしたまま尋《たず》ねる。

「成果目標、ですか？」

「ええ。今日の夜会でしなければいけないこと、できればしてほしいこと、とかありますよね？」

「ええ。…………ええ、ありますとも。本当に貴女に来ていただけて良かった」

閣下は満面の笑《え》みを浮《う》かべた。柔《やわ》らかな笑みのようだけど、一抹《いちまつ》の胡散臭《うさんくさ》さが漂《ただよ》っているのは否めない。

「では、それを教えてくださいませ。あと、目標を達成したらご褒美《ほうび》をいただけると嬉《うれ》しいです」

「…………ご褒美、ですか？」

閣下が、おや？　という表情をする。

「はい」

「えーと、ドレスとか宝石とか、ですか？　今日、身につけているそれはすべて差し上げますよ」

「ありがとうございます。これはこれとしてありがたくいただきますが……具体的に言うと追加報酬《ほうしゅう》をいただきたいのです」

私ははっきりと希望を口にする。

お金のことを話すのは恥《は》ずかしいとか言う人もいるけれど、こういうことはちゃんと先に話を通しておかなきゃダメなのだ。曖昧《あいまい》に察してくれ、なんて相手に委《ゆだ》ねると、まったく意味のないものが報酬にされたりするから。

「そういえば、貴女はなぜそこまでお金が好……こだわるのですか？」

閣下に控えめに聞かれてそういえば詳細をお話ししたことがなかったなと気付いた。

「あのですね、追加報酬をいただけると、冬に向けて各地の孤児院《こじいん》の支度を手厚くしてあげることができるんです。具体的には、燃料費をもうちょっと増やしてあげられるし、可能なら毛布を十枚ずつ配りたいと思っているのです」

私の概算《がいさん》では、これまでに大聖堂を取り戻す――借金を返すには充分《じゅうぶん》足りる金額を上積みした。

ここから先は、追加報酬をガンガン積み上げていく楽しいお時間だ。

「………待ってください。そういったことの手配を、貴女が？」

「いいえ。手配は私じゃないですよ。私は集金係というか………あのですね、聖堂では自分が稼《かせ》ぎ出《だ》したお金を何に費《つい》やすかは、本人の意向が最優先されるんです。私は自分が孤児院で育てられたから、各地の孤児院への支援《しえん》を最優先としています。でも、もっとお金があれば、救貧院《きゅうひんいん》への職業支援とかもしたいなって思ってて…………だから追加報酬は、あればあるだけ助かるんです」

ニコニコとしながら私が言うと、閣下は困惑《こんわく》の表情を浮かべ、それから何だかすごく柔らかな表情になって言った。

「わかりました。…………護衛を連れてこれなかったための一億ベセルに、身代わりの依頼が追加で六億ベセル、それから各種の慰謝料《いしゃりょう》と迷惑料《めいわくりょう》に加えて、今後は働きに応じて相応の追加報酬を出すことにしましょう」

「ありがとうございます」

閣下から言質《げんち》が取れたので、私の気持ちはグンと上を向いた。さっきまでの憂鬱《ゆううつ》な気持ちが、嘘《うそ》みたいに晴れやかだ。

コホン、と閣下は咳払《せきばら》いをし、表情を改めて言った。

「今夜、貴女は、リルフィア・レヴェナ＝ヴィイ＝アルフェリア・フィアリスとして、帝《てい》城《じょう》における夜会で成人のお披露目《ひろめ》を行います。本来であれば、フィアリスの帝都屋敷《ていとやしき》で行うところですが、こたびは陛下の命で帝城で行うことになっています」

「なぜ、帝城で？」

私が身代わりを務めているリルフィアは、選帝侯家《せんていこうけ》の姫君《ひめぎみ》であって、別に皇帝《こうてい》陛下と血《けつ》縁《えん》関係にはない。

選帝侯家の血は複雑に絡《から》み合《あ》っているから、血縁関係がまったくないとまでは言わないけれど、五親等内にはないはずだから帝城でやる理由がない。

「貴女……リルフィアが『水の精霊王の愛児《ヴィイ・フィアリス》』だからです。夜会には精霊教会の大司祭をはじめとした高位の聖職者も来ているでしょう――見極《みきわ》めるために」

「見極める？」

「はい。貴女が本物かどうかを――」

「……………え？　身代わりがバレているんですか？」

「いいえ。そうではなく…………私達は身体《からだ》の弱いリルフィアを領地から一切《いっさい》出してきませんでした。あまりにも徹底《てってい》したせいで、リルフィアが死んだという噂《うわさ》が流れたことまであります」

「それを、精霊教会が真に受けたんです？」

「ええ、まあ…………我が家《わやや》が治癒術師《ちゆじゅつし》を求め続けていたので、死んだとまでは思わなかったようですが、リルフィアはすでにその能力を失ったのではないかと疑っているようです。……外に出さないのはそのせいだと」

「それは、愛し児《いとご》としての能力を、ということですか？」

「ええ。……リルフィアは生後一ヶ月の時にはもう『ヴィイ』だと周知されていました。能力の開花の早い者は、その能力を早くに減退させる例があります」

「………生後一ヶ月って早すぎませんか？　託宣《たくせん》でもあったんでしょうか？」

もう一人の『ヴィイ』である皇帝陛下がご自身の能力の発現を見たのは、十代に入ってからだったはずだ。

「いいえ、そうではなくて………これはわりと有名な話なのですが、十六年前、フィアリス選帝侯家の帝都屋敷において火災が発生したんですよ。選帝侯ご夫妻――リルフィアの両親は不在だったため、対応が遅《おく》れました。火災は離《はな》れで起きたのですが、母屋《おもや》の者達が気付いたときには火の勢いがすごく、手がつけられなかったそうです」

「水のフィアリスの屋敷で火災、ですか？」

「ええ。まあ、放火だったんですけどね。……ですが、死者は一人も出なかった――リルフィアがあんまりにも激しく泣くので精霊達がたくさん集まってきて……精霊達はリルフィアを助けました。結果として離れにいた使用人達も一緒《いっしょ》に助かりました。精霊達が自発的に助けただけでも愛児と認めるには充分でしたが、水の王は生まれたばかりの自らの愛児を害されそうになったことに随分と腹をたてたらしい。……放火した者、それを手伝った者、放火を命じた者らの上に雨あられのように災厄《さいやく》が降り注いだそうです」

その事件がきっかけでリルフィアは『ヴィイ』の称号《しょうごう》を得たのです、と閣下は言った。

「それは当然ですよね。………で、その話のどこに精霊教会が関わってくるんです？」

私の問いに閣下は満足そうな笑みを漏《も》らす。

「主犯の一人が精霊教会の大司祭でしてね。……精霊達の怒《いか》りは彼に最も多く降り注ぎました――そのせいで精霊教会の権威《けんい》は失墜《しっつい》したと言ってもいい。『精霊王の愛児』を殺そうとした者を精霊達が許すわけがない。堕落《だらく》し、腐敗《ふはい》した教会はそこで態度を改めるべきでした……ですが、政《まつりごと》に影響《えいきょう》を与《あた》え、俗世《ぞくせい》の富を貪《むさぼ》ることを覚えてしまった彼らは、もう泥沼から抜《ぬ》けられなかったんですよ」

どこかやるせないような口調で閣下は続けた。

「精霊教会は、教会の本来の役割を果たすことよりも、さらなる富を得ることを望みました。近年、治癒魔法に長けた者が大司祭となったこともあり信者が増えつつあります。彼らは、自分達の失脚《しっきゃく》の最初のきっかけとなったリルフィアを貶《おとし》め、逆に教会の正当性を表明し、陛下や私の権力を削《そ》ぎたいのです」

「……帝国《ていこく》の政治に関わりたくないです」

私のげっそりした表情に閣下が笑う。

「あるいは、もし、リルフィアが今も変わらずに力を持ち続けているのならば、逆にリルフィアを教会の聖なる巫女《みこ》として祀《まつ》りあげ、陛下や私に代わってリルフィアを利用し、再びかつての栄光を取《と》り戻《もど》したいと考えているようです」

「そこで何で他者の能力を利用しようって考えるのかしら？　自分達の力でそれをできるようになればいいのに」

「………思わないんですよね。無理もありません。魔法《まほう》は血に宿るものなので、皇国のように修行《しゅぎょう》をすればできるようになるっていうわけでもないんですよ。彼らはリルフィアの能力が本物だと誰《だれ》よりも知っている――だからこそ、自分達が使ってやろうという考えです。彼らは、リルフィアを利用して自分達が精霊王の代理人であると名乗ろうとしているんですよ」

「わ〜、他の宗教の聖職者が言うのも何ですけど、ものすごく不遜《ふそん》なのでは？」

「ええ。……これ以上、精霊教会をのさばらせるつもりは、陛下にも私にもありません。なので、貴女は、彼らに決して言質を与えず、周囲とあまり交流せずにリルフィアの存在を周囲の人に印象づけてください。あと、精霊教会が嫌いだと、あるいは不信感を持っているというようなことを表明していただけると、なおよろしい」

「………えーっと、難易度高すぎでは？」

周囲とあまり交流せずにリルフィアを印象づけ、さらに精霊教会への悪感情を示せとはこれ如何《いか》に、なんて思ってしまう。

これがあのとんでもない条件もりもりの派遣依頼の正体か。たしかにこれなら三億ベセル出しても惜しくないのかもしれない。

「それと、もしかしたらですが。ゴドウェル選帝侯がちょっかいをかけてくるかもしれません」

ゴドウェルはかつて地の精霊王の加護をいただきながら、それを失った選帝侯家だ。

この加護を失うくだりは他国でも有名で、そのせいでゴドウェル選帝侯家は家をたてなおすのにだいぶ苦労をしたはずだ。

「どういうご関係ですか？」

「控えめに言って犬猿の仲ですね」

閣下はあっさりと言った。

（……ビビが生きていた頃は同じ派閥《はばつ》だったのに）

代が替わると真逆《まぎゃく》の関係になってしまうものらしい。

「貴女ならうまくやってくれると見込んでいます」

「…………はあ」

「追加報酬は弾《はず》みますよ」

「はい。頑張りますね！」

現金なもので、『追加報酬』の単語を耳にした私は、ウキウキしてとってもやる気になった。

控えめに言って犬猿の仲っていうのはどのくらいの不仲なのかと想像するだけでもちょ

っと心が震えた。

ちょっとした好奇心から閣下にたずねたら、にっこり笑って教えてくれた。

「不倶戴天の敵、ですかね」

「うわぁ〜〜〜」

ガタゴトと馬車に揺《ゆ》られながら私達が目指しているのは帝城だ。

二十分ほど馬車に揺られるとようやく帝城にたどりついた。

フィアリス選帝侯家だけはその役目柄もあって帝城の内郭《ないかく》に邸がない。

馬車が正面玄関《げんかん》の車寄せに直接乗りつけた。

ここまで馬車で入れるのは、皇帝陛下とフィアリス選帝侯——閣下だけだ。

(確かこれ、フィアリス選帝侯家の特権の一つ、でしたよね)

夕闇《ゆうやみ》に浮かび上がる帝城は、三日前に見た時よりも荘厳《そうごん》さを増しているような気がする。

そして、三日前よりさらに精霊達の姿が多い。

「どうかしましたか?」

「ううん。………精霊達が多いなって思って」

私の言葉にピタリと閣下が足を止める。

「………もしかして、精霊眼《せいれいがん》ですか?」

「いえ、私の目は水色というか青色というか………そういう色合いです」

「?????」

閣下がおかしな表情をする。

「何ですか?」

「精霊眼というのは、精霊を視《み》る眼《め》のことですよ。色に決まりはありません」

「え?」

「え?」

私達は顔を見合わせた。

「………皇国では金色の眼を精霊眼と言っています。閣下のような眼のことです。精霊の黄金――すべてを見通す金の瞳《ひとみ》とうたわれます」

「だったら良かったのですが………帝国では精霊眼というのは、精霊を視ることのできる眼をいうのです。色は関係ありません」

思わず立ち止まってしまった私達だったけれど、すぐに気付いた閣下がそっと私の背を押したので再び歩を進めた。

「私のこの瞳は、ただの魔眼《まがん》にすぎません」

「まがん………」

「ええ。そういう意味での視力はないんですよ」

ひそひそと言葉を交《か》わしながら、三日前と同じ道を辿《たど》る。

私と違《ちが》って閣下はこのお城のことを熟知しているはずだから、案内なんて必要ないだろうに、と前を歩く騎士《きし》の後に続きながら思う。

少し距離《きょり》が開いてしまったけれど、閣下は私を急《せ》かすことなくエスコートしてくれる。

(単なる案内じゃなくて、監視《かんし》も兼《か》ねているはずなのに、騎士だけ先に行ってどうするのかしら?)

『………ただの様式美なのよ』

(ビビ!)

ふわりと気まぐれのふりをして現れたビビは、いつもの薔薇色《ばらいろ》のドレスではなく、真っ赤なドレスを着ていた。ちゃんとこの夜会に合わせた装《よそお》いなのだろう。

緋色《ひいろ》の地に金で花々が刺繍《ししゅう》されたドレスは繊細《せんさい》なレースに飾《かざ》られ、上品で美しい。何よりも、ものすごくビビに似合っていた。

(わぁ………ビビ、素敵《すてき》! お姫様《ひめさま》みたい!)

『みたいじゃなくて、お姫様なのよ………今は幽霊《ゆうれい》だけどね!』

ふわふわと浮きながらも、ふふん、と胸を張る。

朝、作戦会議をして以来だった。

まったくいつも通り、とまでは言わないけれど、結構元気になったように見えるので安心した。夢の中で話してから以後、どこか精彩《せいさい》を欠いているようだったから。

（あ、あれ、あの薔薇《ばら》の紋様《もんよう》、絶対に意味がありますよ……あの紋様化の仕方だと、昔の防衛魔法の名残《なごり》かもしれませんね）

安心したら少し気持ちに余裕《よゆう》が出てきたのか、周囲を見る余裕も出てきて、三日前には気がつかなかった幾《いく》つかの魔法陣《まほうじん》や吉祥《きっしょう》模様を見つけた。

『ちょっと、ほどほどにしなさいよ。これから、夜会なんだからね』

（わかってます～。でもここ、本当にすごいんですもん。とっくに失われてしまったものがそのままの形で残っているんですよ。さすが千年帝国というだけあります！　ビビにこの素晴らしさを伝えられない私の語彙力《ごいりょく》のなさが悔《く》やまれる！）

『何よ、その残念ですね、みたいな顔は。言っておくけど残念なのはあなたで、私じゃないんだからね！』

（え？　そうなの？）

『そうなのよ!!　この究極マイペースめ!!』

「………どうかしましたか？」

ビビの登場で私の様子が変わったのに気付いたらしく、閣下が怪訝《けげん》そうな顔をしている。

「あ、いえ……ここの廊下があんまりにも素敵なので、万が一、何らかの禁則事項《じこう》にひっかかってラドフィアの聖職者をクビになったら、ここのお城のお掃除係《そうじがかり》になりたいなぁって考えていました」

思わず本音が転がり出た。

「は？」

『なんで、掃除係なのよ！』

すかさずビビの突っ込みが入る。

「お掃除係が一番近くでいろいろ観察できるんですよね。実は私、掃除も得意なんですよ」

風魔法と水魔法を応用してお掃除する方法は私が考案しました！

『……………そうだったわね、お掃除司教だものね』

「それはいいですね。綺麗《きれい》好きなのですか？」

「ええ、まあ」

（綺麗好きなのは、私よりビビなんですけど）

お掃除魔法を教えるために皇国各地の聖堂を飛び回っていたこともあって、私には〝お掃除司教〟という呼び名がついたりしている。

別に私が潔癖症《けっぺきしょう》だったわけじゃなくて、ビビが汚《きたな》い穢《きたな》いってうるさかったせいだ。むしろ、私はホコリでは人間死なない派だ。

「……………もし、そんなことになったらぜひ我が家に。フィアリスの領地の本城には、帝城ですら及《およ》ばぬと言われる大書庫がありますし、帝都の邸の図書室の充実ぶりは他の追随を許しません」

「え？　本当ですか‼」

「本当です」

閣下がにっこりと笑う。誘惑《ゆうわく》の笑みだ。

「その時はぜひお願いしますね」

「ええ。定期的に帝城にもお連れしますから、ご安心を」

「ありがとうございます」

私の頰《ほお》はゆるゆるに緩《ゆる》んだ。

『グレス、あなた、この男に性格読まれてるわよ！』

（読まれてたっていいですよ。どうせ実現しない話だもの。ただの社交辞令、社交辞令。

……そういえば、ビビ、状況《じょうきょう》はわかっています？）

『もちろんよ。貴女の中で、ただ寝《ね》てただけじゃないんだから！』

（なら、手助けを期待してもいいですね？）

『ええ。貴女を本物以上の、最高の身代わり令嬢にしてあげるわ。選帝侯家の跡取り娘だった私が完璧《かんぺき》に補助してあげる――そして、それがかつての相棒、ディールのためにもなることなら、尚更《なおさら》よ』

果たせなかった約束の代わりに、というビビの心の声が聞こえたような気がする。

（あとで、差《さ》し支《つか》えない程度でかまわないので、陛下のことを教えてくださいね）

『…………ええ』

そう言ってビビはまっすぐ大広間の扉《とびら》を睨《にら》みつけた。

綺麗だな、と思う。

それから、ふと考えた——この綺麗な人は……ビビは、誰に殺されたのだろう？

共生関係になって十年が経《た》とうとしているのに、まだ知らないことがある。

帝国に来るまで、彼女が暗殺されたということも知らなかった。

暗殺、ということはビビを殺した誰かがいるのだ。

そして、私が知るべきなのは、直接手を下した犯人ではなく、『ビビを殺せ』と命じた誰かのことだ。

ビビの心残りというのは、そのことかもしれない——。

いつだったか、死んだ時のことを覚えていない、と言っていたことも思い出した。

（…………調べてみようか）

ビビの死んだ……あるいは、殺された理由を。

もし、犯人がまだ捕《つか》まっていないのだとしたら、私が捕まえてやろうと思った。

それで心残りが消えるかはわからないけれど、彼女が天に還るためのきっかけの一端くらいにはなるだろう。

ううん。私が、私の相棒のためにそうしたい。

『いいこと、グレス。………ここからは戦場よ。絶対に油断しないでね』

（……ええ）

私は意識を切《き》り替《か》えてそっとヴェールを整えた。

ドレスに合わせて濃紺から水色にグラデーションのかかった薄絹《うすぎぬ》には、小さな宝石が幾つも縫《ぬ》いつけられている。宝石に魔法がこめられているようで、認識阻害《にんしきそがい》の魔術《まじゅつ》を付与《ふよ》するのが結構大変だった。

「……心の準備はいいですか？」

閣下が覗《のぞ》き込むようにして、私の様子をうかがう。エスコートのために背に回された手が心強かった。

それに、中には陛下がいる。

（守るって言ってくれたもの）

皇帝陛下は、帝国最強の武人だ。よほどのことでもなければ遅れはとらないだろうし、私は護《まも》られているだけのお姫様じゃない。

「はい」

私がうなづくのと同時に、ギイッと小さな音をたてて大広間の正面扉が開く。

儀典官《ぎてんかん》が私達の到着《とうちゃく》を告げ、それに合わせて楽団が華《はな》やかな音を奏《かな》ではじめた。

まばゆい光の中へと歩き出しながら、私は人生初めての華やかな戦場へと足を踏《ふ》み入《い》れた。


大広間の真ん中を閣下にエスコートされながら歩く。

引《ひ》き攣《つ》った笑顔《えがお》は見られていないからいいものの、ビシバシと視線が刺《さ》さっているのがわかる。

(うわぁ、視線が痛い、痛い！　ほんっと、ヴェールがあって良かったよう、ビビ～……)

『ちょっと。まだ何もはじまってないのに、いきなり何泣き言言ってんのよ』

(だって……こーゆーの、初めてなんですよ～)

『貴女が聖都の大聖堂で「奇蹟《きせき》」を顕《あらわ》す時に比べれば、全然少ないじゃないの。……貴女が、人がいっぱいで蟻《あり》みたいって言ったの忘れないわよ、私』

ドン退《び》いたんだからね、とビビが言う言葉に、私は思いっきり反論する。

(人数じゃないの！　この視線が怖《こわ》いの！)

『そりゃあ、この眼鏡男の妻の座……は無理にせよ、愛人の座を狙《ねら》ってる人間は山ほどいるでしょうし、宰相《さいしょう》ですもん、恨《うら》みもたんまり買ってるでしょうよ』

（なるほど……そう考えるとリルフィア姫は相当大変ですね。私は身代わりだから、あと二週間もすればお役ごめんですけど）

『……だと、いいわね』

ビビの言葉に、ん？　と思ったけれど、所定の場所まで辿《たど》り着《つ》いて閣下が立ち止まったので、エスコートされていた私も足を止めた。

音楽がぴたりと止《や》む。

静まりかえった中で、もったいぶった儀典官《ぎてんかん》が皇帝陛下の出御《しゅつぎょ》を高らかに告げた。

すかさず鳴《な》り響《ひび》くトランペットの音が脳天から痺《しび》れるように降ってくる。

（み、耳が…………）

『バカねぇ、グレス。帝国の夜会にトランペットはつきものよ』

（そうなんですけど……）

目の前で閣下が、陛下に対してお決まりの挨拶《あいさつ》を述べている。

二人と私的な時間を共有した私にはなんだかそれがひどく茶番じみて感じられたので、半分聞き流していた。

『………ねえ』

（はい？）

気のせいかもしれないが、ビビの声が少し緊張《きんちょう》しているような気がした。

『あのね…………グレスは、もしかしたら自分が元々ここに立つような身分だったたって、思ったことない？』

（…………それって、私が本当は帝国貴族の娘《むすめ》だったかもって話ですか？）

『ええ』

（ん〜。そう言われてみればそうだったかもしれないって思いますね——それも、結構なおうちの娘だったのではないかと予測しています）

『え？』

（何を驚《おどろ》いているんですか？）

『あ、だって……あなた、ほとんど憶《おぼ》えてないって言ってたじゃない』

（憶えていませんよ。だから予測って言いました）

『ど、どうしてそう思ったの？』

どこか焦《あせ》ったような口調で問われた私は、首を傾《かし》げた。

実は、幼い頃に出会ったあの時から、ビビは私の素性《すじょう》をある程度知っているのではないか？　と思っていたからだ。

（これだけ私に魔力《まりょく》と加護があるんですよ？　もちろん妾腹《しょうふく》の可能性もありますが、この広間に身内がいてもおかしくないと思っています——別にどうでもいいですけど）

『え？　何でどうでもいいの？』

（今更《いまさら》だからですよ。私は今の自分が好きです………だから、過去がどうであれ、帝国貴族の娘に戻る気はありません）

『……グレス、わ、私ね………』

ビビが私に何かを告白しようとしたその時だった。

「本日、このめでたき席において、新たに九竜の玉座に連なる娘が成人したことを皆《みな》に告げる。……リルフィア姫、前へ」

この大広間中に響く大音量で、皇帝陛下が皆に告げた。

九竜の玉座というのは、九つの選帝侯家を統べる皇帝の座を指す。

つまりは由緒《ゆいしょ》正しい選帝侯家の娘ってことだ。

「はい」

注意深く紡《つむ》ぎ出した私の返事は、陛下のその大音声《だいおんじょう》の後では余計に弱々しく聞こえる。

もちろん、計算通りだ。

私は閣下に導かれるまま、陛下の元へと足を進める。

陛下は玉座から立ち上がり、階段を降りて私に手を差し伸《の》べた。

『グレス、そこで古式の淑女の礼を執《と》って、ディールに一礼してから右手を預けなさい』

（はい）

先ほどから給仕《きゅうじ》達が発泡酒《はっぽうしゅ》のグラスを配って歩いていたようで、広間に立つ人達は皆、グラスを手にしている。

最後に陛下に配られた。

「水の精霊王《フィアリス》の愛児にして帝国の水門を守る聖なる乙女《おとめ》、リルフィア＝ヴィイ＝アルフェリア・フィアリスが成人を迎《むか》えたことを、火の精霊王《フェイエール》の現《うつ》し身たるレクター・ラディール＝ヴィイ＝フェイエール・ヴォリュートが言祝《ことほ》ぐ。乾杯《かんぱい》」

陛下が手にしていたグラスを掲《かか》げるのに合わせて、広間中の人々が「乾杯」と唱和する。

「ありがとうございます」

私は左手でドレスのスカートを持ち上げ、帝国式の完璧な礼を執ってみせた。

どこからか感嘆《かんたん》の溜《た》め息《いき》が漏れたのが聞こえて、ちょっとだけ誇《ほこ》らしい気分になる。

私は身代わりだけど、成人するというのはやっぱり特別なことだ。

「……リルフィア、どうか私の手をとっていただけないだろうか」

陛下は発泡酒を飲みきったグラスを給仕に手渡《てわた》すと、私に舞踏《ダンス》を申し込んだ。

（…………ねえ、これ、断ったら駄目《だめ》なの？）

『駄目に決まってるじゃない！　ここは受ける一択《いったく》よ！　他の選択肢《せんたくし》はないの!!』

（舞踏《ダンス》嫌いなのにぃ～～）

『笑え！　笑ってお受けするのよ!!　見えてなくても笑え！』

ビビが厳しい鬼《おに》教師の顔で言うので、私は頑張《がんば》った。

「喜んで」

笑顔は引き攣っていたと思う。見えてないけど。


「…………なんだ、もしかして舞踏《ダンス》は苦手なのか？」

私を丁寧にホールドしてくださった陛下は、私の頭頂にほぼ唇《くちびる》が触れているかのような近さで囁《ささや》いた。

頭のてっぺんから響く、少しかすれた低い声に背筋が小さく震えた。

何だかくすぐったくて恥ずかしい――理由はわからないけど。

「はい、苦手なんです……」

「なんでもできるように見えていたが…………」

陛下がニヤニヤと余裕の表情で私をからかう。

「皇国の聖職者が帝国式の舞踏《ダンス》を覚えなきゃいけない理由がどこに？」

そんなものあるか！　な心境をわかってもらいたい。

「確かに。…………では、なぜ覚えたんだ？」

「それは…………帝国貴族のお姫様だった友人に仕込まれたんです。別に身代わりやるためじゃないですよ」

「…………帝国貴族の姫君だった友人、なんてものがいるのか？　そなたには」

「いるんですよ」

（あなたの元共犯者ですよ）

迂闊《うかつ》にそんな軽口はたたけないので、心の中だけで呟《つぶや》いた。

ちらりと自分の肩越《かたご》しの背後に視線を向けると、鮮《あざ》やかな緋色と綺麗に巻かれた金の髪が見える。たぶん、背中合わせでビビは私とは逆方向を見ているのだ。

もし、陛下にビビが見えているのなら、ものすごい至近距離でビビの後頭部を見つめることになっているのだな、と思ったら少し面白《おもしろ》かった。

「…………ところで、このヴェールの下というのはどうなっているんだ？」

「どうなっているって…………普通《ふつう》に私の顔がありますけど？　今日はちゃんとお化粧《けしょう》もしていますよ…………万が一に備えて」

「万が一？」

「ええ。…………顔を見せられないってことは、おまえは身代わりだろうとか言い出す人が出てくるかもしれませんからね！　そうしたら思いっきりもったいぶってヴェールを外してやります」

「ほお……」

陛下は、子供がいたずらを企《たくら》む時のような面白そうな顔をした。

「でも、これは別料金になりますよ。追加報酬案件なので……」

そうなったらなったでまた報酬が増えるという計算なので、ヴェールを外すのは絶対にダメというわけではない。

ビビの提案で、今日の私の顔は、フィアリスのお屋敷にあったリルフィア姫のお母様の肖像画《しょうぞうが》に似せてあるので、万が一「おまえは偽者《にせもの》だ！」と指摘《してき》されてもばっちり対応できる。

ビビに教えられながら頑張ったんだけどメイク技術ってすごいと思う。

（まあ、そんな事態はそうそうないだろうけど……）

「それは楽しみだな……ところで、『追加報酬』というのは？」

「………陛下って私のことをどのくらいご存じです？」

「あ～、エリアスの義妹が自分の身代わりにするために探し出した護衛兼治癒術師《けんちゆじゅつし》の派遣聖女《はけん》」

「はい、その通りです。……単純にそもそもの契約《けいやく》内容から外れている分を追加報酬でいただくというだけの話です」

「なるほどなぁ。幼くとも皇国の聖職者、というわけか」

守銭奴《しゅせんど》って言いたいんですね、わかります。

そう呼ばれても、私は痛《いた》くも痒《かゆ》くもない。むしろ、稼げる自分を誇る気分だ。

「幼いは余計ですよ！　確かに成人したばかりですけど！」

私達は言葉を交わしながら、フロア中をクルクルと回る。

皇帝陛下とのファーストダンスなので、会場中が注目しているのがわかる。

「苦手だという割には、随分と軽《かろ》やかにステップを踏むのだな。かなり上手《うま》いと思うぞ」

「そうですか？　パートナー付きで踊《おど》ったのが初めてなのでそう言ってもらえるとありがたいです」

「…………たいした度胸だ」

陛下がくつくつと面白そうに笑った。

ビビのことを聞いてみたいな、と思ったけど、本人の前で尋ねるのは気が咎《とが》めた。

またお話しする機会もあるだろう。

柔らかな旋律《せんりつ》のメヌエットがちょうど終わり、辿り着いたその場所には閣下が待ち受けていた。

「エリアス、おまえの婚約者《こんやくしゃ》を返してやる」

「はい」

閣下は生真面目《きまじめ》な表情でうなづいた。

「おまえの義妹はたいそう愛らしい。…………おまえの婚約者でありさえしなければ、余の妃《きさき》に迎えたものを」

　陛下はいつもの大声でとんでもないことを言った。

　途端《とたん》に、静まりかえっていた大広間がとんでもないざわめきと喧噪《けんそう》に包まれる。

（この人、何てこと言うの〜〜〜。信じられない〜〜）

　思わず、まだ目の前にあった足をぐりぐりと踏みつけにする。

「あははははは、リルフィア、怒《おこ》っているのか？」

　当然だと思う。

「陛下、お戯《たわむ》れを申しますな」

　閣下の冷ややかな声に、大広間はシンと水を打ったように静まりかえった。

　たぶん、絶対零度《れいど》の声とはこういうのを言うのだと思う。

「戯れなどではないぞ。………この娘ほど聡明《そうめい》で、賢《かしこ》く、麗《うるわ》しく、そして可愛《かわい》らしい娘はそうはおるまい。どうだ？　俺の妃にならんか？」

　大広間中の貴族達の耳目《じもく》が私に集中していた。これ、さっきまでの内緒話《ないしょばなし》とは訳が違う。違うけれど、ここははっきりと答えなければいけないところだ。

「なりません」

　私はできるだけ儚《はかな》げに見えるようにふるふると首を横に振った。

「………お義兄様《にいさま》」

それから、今にも倒《たお》れそうな風情《ふぜい》で、閣下の方におずおずと手を伸ばす。

閣下は私をそっと腕《うで》の中に抱《だ》き込んだ。

「陛下、貴方があんまりにもお戯れを申されるので、リルはもう失神寸前です。……この子はたいそうな内気だと申し上げたではありませんか」

私を腕の中に抱き込んだ閣下は、そっと私の背を撫《な》でる。

『察しの良い男ね……ちゃんとどうするべきかわかっているわ』

(駄目なのは、あなたの元共犯者ですよ！　なんでこんなとこで余計なこと言い出してるんです？　追加報酬ですよ！　追加報酬!!)

『……………グレス、あなた、二言目には追加報酬って言うのやめて頂戴《ちょうだい》。私の教育が間《ま》違《ちが》っていたのかと思って絶望するから……』

(…………どこが悪いんです？)

私は本気でわからなくて首を傾げた。

『…………全部よ』

ビビは低～い声で言って、肩《かた》を落とした。そんな絶望することないのに、と思ったけれどそれを言ったら怒られそうなのでやめておいた。

「リル、もう一曲踊れるかい？」

閣下の問いに、私はこくりとうなづく。

もちろん、これが終わったら控《ひか》え室《しつ》に下がらせてもらうつもりだ。

「良かった。………では、私と一曲お願いするよ」

閣下は、とても優美なしぐさで私を舞踏《ダンス》に誘《さそ》う。

私は喜んで、というようにスカートを軽く持ち上げてから会釈《えしゃく》をした。

優美なメヌエットの旋律が流れ、最初の一歩を踏み出そうとした時だ。

「お待ちくださいっ」

闖入者《ちんにゅうしゃ》が現れた。

私達はピタリと止まり、音楽も止まる。

私は再び閣下の腕の中に抱き込まれた。

「何事だ、ゴドウェル選帝侯」

陛下がわざとらしく眉《まゆ》を顰《ひそ》めた。

「この特別な夜会を中断させたこと、お詫《わ》び申し上げます。………ですが、宰相閣下がこの帝国を詐術《さじゅつ》にかけようとしていることがわかっていながら沈黙《ちんもく》することは、帝国を誰よりも愛するこのゴドウェルにはできませぬ」

(………出た)

五十を幾つか過ぎたくらいに見える体格の良い男性――――閣下と、そして陛下の政敵の一人であるゴドウェル選帝侯だった。

陛下はあまりにも若くして帝位《ていい》に上ったために敵が多いのだ。

『………随分とお年をとったのね』

(お知り合いなのですね)

『ええ。……祖父の盟友だったわ』

(……そうですか)

「詐術とはどういうことでしょう？　我が義妹《いもうと》の成人を祝うこの大切な夜に水を差す無礼、事と次第《しだい》によっては御命を賭《か》けていただくが、よろしいか」

閣下は淡々《たんたん》と抑揚《よくよう》のない口調で告げる。

これ、わかりやすく言うと、「おまえ、よくも面子《メンツ》を潰《つぶ》してくれたな、決闘《けっとう》だ！」の意味。

帝国には、決闘に持ち込む言い回しは無数にあるけれど、これくらいなら私にもわかる。

「………宰相閣下、腕の中にいらっしゃるその方は偽者であろう」

ゴドウェル選帝侯がそう言った瞬間《しゅんかん》、私の心は最高にときめいた。

(やった！　倍額請求案件突入です！)

前もって閣下とお約束していたのだけれど、偽者と指摘されたら本物と振る舞うように言われていて、それだけで五千ベセル追加。ヴェールを外すようなことがあったら、さらに五千ベセル追加で、列席の皆に自分が本物だと信じさせることができたらさらに一億べセル出すと言われている。

『グ〜レ〜ス〜〜！』

ビビの恨めしそうな声が聞こえるけれど、そんなことは全然気にならない。

「何を無礼な！」

閣下は私を抱きしめる手に力をこめる。

一瞬《いっしゅん》、クマならぬ陛下に鯖《さば》折りにされそうになった時のことを思い出したけど、閣下は安心するようにと言わんばかりに優《やさ》しく私の背を撫でた。

ゴドウェル選帝侯の視線が、その憎悪《ぞうお》の気配がここまで漂ってくる。

彼の憎しみの理由に心当たりはないが、彼は己《おのれ》が正しいと信じているのだろう。

「…………なんのつもりで貴公が偽者を立てたのかはわからぬが…………貴公の本物の義妹姫ならば、私が保護をしておる」

『はぁ？』

（ええっ？）

私とビビは思わず顔を見合わせてしまった。

『何それ、ないわ〜〜。ありえないわ〜〜。何があったか知らないけど、なんで義妹姫が自分の家の政敵の元に保護なんかされちゃうの？　馬鹿なの？』

（ありえないですよね。なんで？　意味わからないですよ？　私が皇国人だからですか？

特別な帝国貴族ルールなんです？）

『そんなわけないじゃない。安心して、私にも全然わからないわ！』

閣下はどうするのだろう？　と思って私は腕の中から閣下を見上げる。

「…………追加報酬でお願いできますか？」

閣下は私にだけ聞こえるような小声で言った。これは、ヴェールを外してもらいますよ、という意味だろう。

こんな場合だというのに、少し笑顔を浮かべている。

私が追加報酬狙いなんです～と言ってメイクに励《はげ》んでいたのを知っているせいかもしれない。

「では、私は本物として振る舞えばよろしいのですね？」

「はい。…………相手が誰であれ、貴女が本物ということで構いません」

閣下は私をことさら大切であるかのようにそっとかばいなおし、それから、ゴドウェル選帝侯に向き直った。

「私の義妹は、ここにおりますが？　貴方の方こそ、どこから偽者を連れてきたんですか？　それとも、私の義妹をすり替えて我が家を乗っ取ろうと？　地の精霊王《ゴドウェル》の加護を失っただけではまだ足りないとは、度しがたい愚《おろ》かさですね」

息をするかのように自然に嘲《あざけ》りの言葉を口にする閣下は、私の前で戸惑《とまど》ったり、陛下と張り合ったりしていた人とは別人のようだった。

冷ややかな横顔はつくりもののように見える。

でも、その冷ややかさとは裏腹に、閣下の裡《うち》なる蒼《あお》い光はその輝きを増していた。眩しいほどの青はとても透き通っていて、見惚《みほ》れるほどに美しい。

この時、切り捨てたんだなって思った。

たぶん、ゴドウェル選帝侯の自信たっぷりな様子からすると領地に置いてきたはずの義妹姫があちらについているのだろう。

（つまり、本物のリルフィア姫は身体が弱いとかじゃなくて、どうしようもない駄目な子だから半幽閉《はんゆうへい》状態だったんですね）

血筋だけは誰よりも最高に素晴《すば》らしい姫君なのに、中身は駄目っぽい。

（………哀《かな》しいことですが、もう血筋だけではどうにもならないようです）

世界は変わりはじめていて、私達もまたその変化から逃《のが》れることはできない。

わかったというようにうなづいて、閣下に縋《すが》るようにして腕の中で震《ふる》えているふりをする。

「陛下、いかがでしょう。本物のリルフィア姫にこちらにおいでいただいても？」

ゴドウェル選帝侯は、己の正義を信じて疑わない。

「ああ、構わない………だがゴドウェル、おまえの言う娘が本物ではなかったらどうするのだ？」

陛下がとても悪い表情になっている――心底面白がっているいたずら者の顔……あるいは、破滅《はめつ》への秒読みをしている相手を地獄《じごく》にたたき込んでやるために手ぐすねひいて待っている人間の顔だ。だって、陛下を彩《いろど》る深緋の焔《ほのお》が燃え上がっている。

「証明も何も、お会いいただければわかりましょう………姫君をこちらへ」

ゴドウェル選帝侯が従者にそう告げると、従者は大広間の正面の扉を開いた。

萌葱色《もえぎいろ》の……マラガ夫人に最新流行だと教えられたデザインのドレスを纏《まと》った少女が、付き添《そ》いの女性を連れて入ってくる。

（この方が、リルフィア姫……）

灰銀の髪を緩く編み込み、ところどころを真珠《しんじゅ》で飾っている。ただ、その髪色に白の真珠はあまり映《は》えない。私も似た髪の色だからわかるけど、真珠を使うなら、黒真珠も添えないと埋《う》もれてしまうのだ。

（でも、容姿は素晴らしいですね）

身体のバランスがとても良いし、たぶん顔も美しいのだと思う………私にはよくわからないけれど。

彼女は私と閣下の前まで来て、私をキッと睨《ね》めつけた。

彼女が口を開こうとしたのを、傍《かたわ》らで彼女をエスコートしている男が手をそっと引いて押し留めた。

(誰です?)

『………見たことがないけど、ゴドウェル選帝侯の子供か孫なんじゃない? うわ〜、ハニトラか〜』

(はにとら?)

なんか前にも聞いたことがあるような単語をビビが口にする。

『ハニートラップよ。ようは恋《こい》の罠《わな》に落としてうまく操《あやつ》るってこと』

(ああ………)

私はその言葉の意味に納得《なっとく》し、それから、随分と皮肉だなと思った。

二年前、そのハニートラップを皇国に使ったのは閣下で、今度は閣下が政敵にそれを使われて窮地《きゅうち》に立たされている。

(いや、あんまり窮地でもないか………)

「この方が、本物――リルフィア・レヴェナ=ヴィイ=アルフェリア・フィアリス姫です、陛下」

ゴドウェル選帝侯は恭《うやうや》しく頭を下げる。

「………ゴドウェルはそう申しているが、エリアス、そなたの言い分はどうだ? そちらの姫君に覚えはあるか?」

「見覚えがあるか、というのならありますね」

くすっと閣下は笑った。

「何者だ？」

「…………義妹の身代わりです。義妹は狙われやすい身の上なので、その身代わりとして領地に置いていた娘です」

「お義兄さまっ⁉」

私を睨みつけていた少女が悲鳴のような叫《さけ》びをあげた。

「残念だよ、レナ。君が私をこんな風に裏切るだなんてね……」

「何をおっしゃるんです、お義兄さまっ。私が本物ですわっ。六歳の時からずっと貴方の義妹として養育されてきましたわ！」

誰が見ても文句なしの美貌《びぼう》の少女は、必死で閣下に縋ろうとした。

「ああ、そうだよ。六歳の時から、君はリルとして育ってきた——でも、おかしいとは思わなかったのかい？　僕が一度も君を外に出さなかったことを。君をリルフィアと呼ばなかったことを……。屋敷の人間が君を一度としてリルフィアと呼ばなかったことにも気付いていなかった？　疑問に思わなかったのか？　確かに君は喘息《ぜんそく》持ちではあったけれど、帝都に連れてこられないほどではなかったし、何だったら去年、成人の儀《ぎ》を行うことは充分に可能だった」

なぜ、そうしなかったかわかるかい？　と閣下は優しく微笑《わら》う。

『……うわぁ、もしかして、この男、この子を本物として育ててたんだ』

ビビが、最低～と唸《うな》るような声をあげる。

（えっ！　えっ⁉　どういう意味？）

『あのね、この子だけが自分が偽者だって知らなかったのよ――たぶんね』

（えーと、この人は閣下の領地にいた本当の義妹姫で、でも、偽者だったってこと？）

『そうよ。それも本人は自分が本物だと信じていたの』

そ、それは……控えめに言っても悪魔《あくま》の所業だと思う。

（……なら、本物はどこにいるの？）

『……貴女でしょ』

（とりあえず今はね。……もしかして、死んじゃってたりするのかしら？）

あと二週間くらいは本物の身代わりである。追加報酬次第でさらに二週間までは延長を受けつけられるけど。

『死んでないわよ。多分ね』

ふぅん、と思いながらも何かすっきりしない気分で目の前で繰《く》り広《ひろ》げられる一幕をぼんやりと眺《なが》めていた。

静まりかえった大広間中の人々の意識が、こちらを向いている。

一応、私も当事者みたいなものなんだけど、身代わりでしかないので何かピントが合わない感じがして気持ちが悪い。

「何を言うか、若造っ。貴様、事もあろうに真のフィアリスの血筋に対してそのような無礼を……本来であればこの場にいる資格すらない妾《めかけ》の子風情が！」

「お言葉が過ぎますよ、ゴドウェル選帝侯。——貴方こそが真のフィアリスの血に対して無礼を働き、陛下を詐術にかけようとなさっている。良いのですか？　義妹に危害を加えた相手が、ことごとく呪《のろ》われ、悲惨な末路を辿ったのを貴方はお忘れなのでしょうか？　先祖が水の精霊王の怒りを買って地の精霊王の加護を失ったくせにお忘れになるのが随分とお早い。お年のせいでしょうか？」

閣下の言葉に、ゴドウェル選帝侯はビクリと大きく震えた。

「よろしいか。……貴方が連れてきたのは、十年前に私が連れてきた義妹の……本物のリルの影《かげ》です。自分が本物だと勘違《かんちが》いしているただの身代わりだ。末のご子息の妻にしたいのか、愛人にしたいのかは知らないが好きになさるが良い——ああ、ちなみにその娘には欠片《かけら》も魔力がありませんがね」

ははははは、と閣下は声をたてて笑った。

閣下のなさったことは筆舌に尽くしがたい所業のようだけれど、貴族社会において、養子あるいは養女として引き取られた子が、その家に従うことは絶対条件だ。そうである以上、閣下が彼女をどう扱《あつか》っていようとも、他家の者が口出しできることではない。

「――まさか、こんな形で優秀《ゆうしゅう》な影を失うことになるとは思いませんでした」

「貴様っ」

ゴドウェル選帝侯はギリギリと歯ぎしりをして、閣下をものすごい形相で睨みつけている。

「たしかに私は本人に影だと一度も告げなかった。なぜならばその娘は、容姿こそ条件を満たしていましたが、幼い頃《ころ》からあまり利口ではなかった――本人の口から偽者とバレては影の意味がありません」

その笑みに、ゾクリと背筋が震えた。

(でも、これこそが帝国宰相閣下だって感じがしますね)

「ですから、ここにいる彼女こそが本物の私の義妹なのです――さあ、リル、ご挨拶を」

「はい、お義兄様」

歌うように軽やかな口調で閣下は言った。

私は震えるふりをやめて、しっかりと床《ゆか》に足を踏みしめる。

「はじめまして、ゴドウェル選帝侯閣下。……私はリルフィア＝ヴィイ＝アルフェリア・

フィアリスです。このような形でのご挨拶になること、とても残念に思います」

閣下の腕から離れ、優美に淑《しと》やかに礼を執った。

まともな礼もせずに闖入してきた少女と私とでは、私の方がずっとお姫様らしく見えるだろう。

「若造っ、貴様っ！　この娘が影だと言うならば、おまえの連れている娘が本物だとどう証明するのだ！」

ゴドウェル選帝侯は己の不利を悟《さと》ったらしい。

というよりも、閣下の言葉が真実であるとどこかで納得してしまったようにも見える。

「十年前、リルが誘拐《ゆうかい》された事件から、私はずっとリルを守ることだけを考えてきた。容姿の似た娘を選んで影として養《やしな》うことも、その娘を本物として扱うこともすべて、この本物のリルを守るためだ。……そのためならば私は何でもできるんですよ、ゴドウェル閣下」

閣下は静かに笑って、そっと私を抱き寄せる――まるで愛おしくてならない婚約者を腕の中に閉じ込めるかのように。

「………………ない」

呆然《ぼうぜん》と立《た》ち尽《つ》くしていた少女がブツブツと呟いているのが耳に入った。

（……さすがの私も彼女にかける言葉は思いつかないです）

皇国の聖職者の使う慈愛《じあい》の語彙録《ごいろく》にも、このケースに合う言葉は載《の》っていないと思う。

私の視線と、彼女の視線が交わった。

「……許さないっ。私が、私こそが、お義兄さまの妹なのに!!!」

飛びかかってきた少女の手は、お義兄様の手で叩き落とされたけれど、一瞬だけ遅《おそ》かったらしい。

あるいは、それほどまでに彼女の執念《しゅうねん》がすごかったのか……その指先が私のヴェールに触《ふ》れた。

「……あ………」

ヴェールが引き落とされ、ヒラリと床に落ち、私の顔が露《あら》わになる。

閣下が、義妹だった人を後ろ手にひねりあげるのが視界の端に映った。

「……ナ、ナ、ナルフィア」

私の顔を見て、ゴドウェル選帝侯が驚愕《きょうがく》に凍《こお》りつく。

たちまち集う人々に同じ驚きが伝染していく。

「……ああ、ナルフィア侯妃に生き写しだわ」

「あの瞳のお色は、間違いなくフィアリスの貴色じゃなくて？」

「あの顔は間違いなくお血筋だろう」

「お母様にそっくりだわ」

皆が口々に呟きを漏らし、それはさざめきとなって大広間に満ちた。

(メイクを頑張った甲斐《かい》がありました！)

ほんの一瞬だったので、生き写しと思うくらいに似て見えたらしい。

メイクでどうとでもなるので、顔の相似《そうじ》なんてものほどアテにならないものはない、と私は思うのだけれど、似て見えるということはこういう時にとても重要だ。

「いやっ」

覚悟《かくご》をしていたとはいっても、ヴェールを実際に剝《は》がされるとちょっと心細い。

少し焦りを覚えた私を、力強い腕がぐいっと抱き込んだ。

「………大丈夫《だいじょうぶ》だ、姫。俺が守ると言っただろう？　ほら、これを貸してやろう」

(……え？)

ばさりと頭の上から何か大きな布のようなものがかけられた。

「……陛下！　何を!!」

「床に落ちたヴェールよりもこの方がずっといいだろうよ」

(これ、何が起こっているの？)

私は布に包み込まれるようにして、誰かの腕に抱き込まれている。

『……ディールがね、貴女の上に自分のマントをかぶせたのよ』

(………皇帝陛下のマントを？)

『ええ、ヴォリュート帝国の皇帝の象徴《しょうちょう》の一つでもある、あの白貂《しろてん》のマントをね』

(なんでそんな軽率《けいそつ》なことするんです？　この方)

『それで、今貴女を腕の中に抱きしめているのもディールよ。面白がってんのよ。……あのね、彼、やれば何でもできちゃうのよ。だからね、今はたぶん生きることに退屈《たいくつ》してるんだわ。帝国は滅《ほろ》びを免《まぬが》れた………後は繁栄《はんえい》を極《きわ》めるばかり。それで彼にはもうやることがないのよ。たぶん飽きてきてるんじゃないかしら……皇帝陛下でいることに』

(だから、面白がっていたずらを繰り返《かえ》しているんです？)

『………そうね』

ビビは大きな溜め息をついた。

「きゃあああああああああああっ」

甲高《かんだか》い女性の声が響いた。

「………火がっ」

陛下のマントの中でじたばたしていた私は、やっと出口を見つけて、マントを翳《かざ》すようにしてその陰からこっそり視界を確保した。

「ふう………」

「なんだ姫、俺の顔がそんなに見たかったのか？」

陛下が楽しそうに笑う顔が見えた。

「そんなわけありません。……………火って聞こえたから………」

すっと陛下が指をさす。その先には――――閣下の義妹姫だった、レナと呼ばれていた少女がいた。

その手には、この大広間のそこここで灯されている銀の燭台《しょくだい》がある。

「どういった状況なんです？」

「エリアスがあの女を警備に引き渡した後、一瞬の隙をついてその手から逃れたようだ。それで、燭台を奪った」

精霊達が戯《たわむ》れているそれを手に、彼女は警備の騎士を脅《おど》す。

「……………近寄らないで！　近寄ったらこれを落とすわ」

「あれ、落としたら精霊が怒るのでは？」

燭台が壊れたら、あの燭台で戯れている……あの燭台に宿っている精霊がさぞ怒り出すだろう。

「ものすごくマズいな。…………一瞬にしてあそこらへんが火の海になるぞ」

「陛下、精霊を鎮《しず》められる自信はありますか？」

私達はこそこそと小声で言葉を交わしていた。

「ないな。………姫、俺は火の使い手だぞ。煽《あお》ることはできても、消すことはできかねるな」

くっくっと陛下は笑った。

こんな場合だというのに憎らしいくらい落ち着いている。

「…………姫には鎮める自信がおありか？」

「まあ…………たぶん」

「なんだ、自信がないのか？」

「精霊魔法は、普段それほど使わないんですよ。陛下、離してください。…………ヴェールはありますか？」

「…………ああ、悪い。ヴェールはエリアスが持っている」

「マントをお返しします。…………今から、精霊魔法を使いますけど、終わったらすぐ隠してくださいね」

「わかった」

本当は顔を見せたくなかったからマントをかぶっていたかったけれど、おそろしいくらい何重にも加護のある皇帝陛下のマントだから、これから使う術に影響を及ぼすかもしれない。なので、一旦お返しする。

「お義兄さま？　お義兄さまはどちらにいらっしゃいますの？」

やや興奮したレナが、閣下を呼ぶ。

周囲の怯《おび》えた人々がざっと両側に避《よ》け、閣下の前に道が開ける。

閣下は数歩、足を進めて立ち止まった。

「残念ながら、君はもう私の義妹ではないよ、レナ」

「どうして……」

「私は、手を噛んだ飼い犬に餌をやるほど寛容な飼い主ではないのでね……君と我が家の間の養女契約は当然破棄《はき》される」

「わ、私はお義兄様に逆らおうなんて思っていませんでした……ただ、彼とのことを認めていただきたかっただけで。……どうして？　あんなに優しくしてくださったのは全部偽《いつわ》りだったのですか？」

「リルの身代わりである君に対して、礼の気持ちを返していただけだよ、レナ……それに、下手《へた》な演技では、身代わりに気付かれてしまう」

閣下はにっこりと笑った。

「君は我が家とは関係のない赤の他人だ、レナ。すでにリルフィアの影ですらない」

閣下の宣言にレナの顔から一切の表情が消えた。

「いやあああああああああっ」

レナの絶叫が響き、その手からベランダに続く窓に向かって燭台が投げつけられた。

錯乱《さくらん》しているように見えるけれど、カーテンを狙ったところを見ると、結構冷静なのかもしれない。
私は小声で、呪文を唱えはじめる。
『――遠き水音』
私は古い古い言葉を紡ぐ。
『天より来たりし驟雨《しゅうう》』
私の近くにいる人達が、私が何かをはじめたことに気付きはじめる。
(恥ずかしいとか、心細いだなんて言っていられません)
まっすぐ閣下の方を見て、右の手で水の精霊の好む印を結ぶ。
『地より出でし和泉《いずみ》』
音としてはまるで意味をなさないはずなのに、言葉としてその意味が響く。
これは、最も古い形の精霊魔法だ。
燭台を奪おうとしていた騎士達が窓に向かって飛び込む。
(――間に合わない⁉)
焔が一瞬にしてカーテンを舐《な》め、壁を床を、揺らめく炎が埋めていた。
『我が声を糧《かて》とし、焔の子を鎮めたまえ』
最後の一言を呟き、喉の奥底から声を発した。
叫びのような、嘆きのような、あるいは、歓《よろこ》びのような………全身を使って己の身体の奥底からすべてを内包した声を、絞り出す。

この身が楽器のようなものだった。

声を何度も弾ませ、音を響かせる――高らかなコロラトゥーラが水を呼んだ。

水の精霊達が私の歌声に合わせて楽しげな輪舞《ロンド》を踊る。

最初の日に帝城の廊下で見た水の精霊の像が動いただろうな……なんて頭の片隅で考える。

あれはこんな風に魔法を使うと動いて定められていた仕組みが働くものだ。

それは、室内に雨を呼んだ。

しとしとと篠突《しのつ》く雨は、広がった焔の海を一瞬にして鎮火する。

踊る精霊達は二重、三重にその輪を広げ、そしてついには大広間中に雨を降らせた。

最後の一音を発し、私が口を閉じた時、広間に居たのは私達――騒ぎの当事者であった閣下と私と陛下、それからレナとゴドウェル選帝侯らだけだった。

列席の人々は皆、壁にべったりとくっついたり、ベランダや廊下に逃れ雨を避けたようで、これからどうなるのか興味津々で広間を覗きこんでいる。

静まりかえった中で、私ははっと我に返った。

パンパンパン、と高らかに手が叩かれた。

皆の視線が、手の主である陛下へと集まる。

「さすが水の精霊王《フィアリス》の愛児。我が帝国の誇る水の乙女――リルフィア＝ヴィイ＝アルフェリア・フィアリスよ。そなたこそが真実のリルフィア。もはや疑う者はおるまい。慮外者《りょがいしゃ》の不始末とはいえ、そなたの大切な成人の儀がこのような仕儀《しぎ》となったこと、余は詫《わ》びねばなるまい。すまなかった、許せ」

皇帝陛下は、私に頭を下げた。

「いいえ、陛下。我が家を仮宿とした者の不始末をお許しくださいませ」

私はビビが指示した通りに、その場にドレスを広げて跪《ひざまず》き、顔を伏せる。

「もちろんだ。…………そして姫、よくぞここに集った皆の危難を救ってくれた。礼を申す」

「いいえ、もったいないお言葉です」

「さあ、皆、姫の成人を言祝《ことほ》げ。帝国に久方ぶりに水の歌が響いたことを祝え」

陛下は再び大きく手を叩く。

それに合わせて皆が拍手をした。

万雷《ばんらい》の拍手に、広間に集っていた精霊達が歓びを踊る。

集った者に素養のない者はいない。

誰もが今、目の前で見せられた魔法が水の精霊の加護によることをわかっていた。

「さあ、音楽だ。踊るがいい、無礼講《ぶれいこう》だ」

陛下の言葉にわあっと歓声があがる。

楽団が楽しげな旋律《せんりつ》を奏ではじめると、途端に大広間は賑やかになった。

ばさり、と再び私の頭上にマントが降ってくる。

「……………大丈夫か？　姫」

「大丈夫です。……お義兄様はどうされてます？」

「被害状況を確認して、いまこっちに来た」

すぐ傍《かたわ》らに、閣下の気配がした。

「リル、大丈夫か？」

「大丈夫です」

別にこれくらいでどうにかなる魔力ではない。

（もう、私は、あの夜の五歳児ではない…………）

「さて…………」

笑みを含んだ声がした。

表情は全然見えないけれど、陛下がどんな顔をなさっているか、容易《たやす》く想像がついた。

「ゴドウェル、追って沙汰《さた》するまで謹慎《きんしん》いたせ。息子《むすこ》もだ。――――ああ、あの娘はちゃんと連れ帰れよ。婚姻《こんいん》の認可《にんか》ならいつでも下ろしてやろう」

わりと酷《ひど》い事態だと思うのだけれど、あはははは、と楽しげに陛下は笑った。しかも、たいそうな皮肉付きで。

貴賤結婚《きせんけっこん》では、万が一子供ができたとしても後継《あとつ》ぎとして認めてもらえない。真の血筋をしきりに言い立てていたゴドウェル選帝侯にしてみればとんでもない言い草だろう。

「さあ、姫。せっかくの姫のお披露目をぶち壊《こわ》しにした責任は俺がとる。今日はエリアスと帝城に泊《と》まるがいい」

「はい⁉」

「そうかそうか、泊まっていくか‼　はははははははは。……ああ、余は退出する。エリアス、おまえも来い。——皆は存分に楽しむが良い」

「いやです！　聞いてます？」

小声で否定したのに、陛下は聞く耳を持たずに機嫌良く笑った。

そして軽々と私をマントごと抱き上げて、たぶん、私室へと向かっている。

「……すまない。追加報酬で頼《たの》む」

閣下が横から小声で囁いた。

「何でも追加報酬って言えば、いいと思ってるでしょう」

私はもぞもぞとマントの海から上半身だけ抜け出し、深呼吸を繰り返した。

「…………駄目だろうか？」

困りきったようなその表情に私は少しだけ絆《ほだ》された。

「いいですよ！　もう！　ここまで来たらおつきあいします！」

閣下が驚くほど優しい顔で私に笑いかける。

「ありがとう、リル」

「はい」

（身代わりですけど！）

「おい、そこの義兄妹《きょうだい》、俺を除け者《のけもの》にするなよ、寂《さび》しいじゃないか」

陛下が私を抱き直しながら笑う。

「陛下には関係ないお話です～」

「追加報酬なら俺も払《はら》ってやるぞ。ほら大広間の火事がボヤで済んだ礼だ」

「残念でした。陛下とは契約していないのでいただけません。……でも大口の寄付ならいつでも大歓迎《だいかんげい》ですよ！」

「ほんっと姫は可愛いなぁ」

「陛下って目がお悪いんです？」

閣下に尋ねると、閣下はさあ、というように肩を竦《すく》めた。

運び込まれた陛下の応接室で、陛下はまた私をフカフカのソファの真ん中に座らせた。

「……これ、どういう構図です？」

一方に陛下、もう一方に閣下――――何かすごく怖い構図のような気がする。

「今日の殊勲者《しゅくんしゃ》である姫を俺とエリアスで褒《ほ》め称《たた》えようという図だ」

「別に褒め称えなくていいですよ！　追加報酬のためにしたことなので！　でも、お褒めいただけるなら報酬に色をつけてくださいね！」

「ブレませんね、貴女は」

「ラドフィアの聖職者ですから！」

ふふん、と私は胸を張る。

「さあ、姫は何を飲む？」

「果汁か……もしあれば、甘めの果実酒を……」

成人したので果実酒も飲めるのだ、と思って付け加えた。

「お、良い物があるぞ。帝国の北方地域のな、特別な林檎《りんご》からつくられたものだ。俺は甘くて飲めないんだが、初めて酒を飲む時にはうってつけだろう」

「いえ。初めてではないですよ。儀式でならお酒飲みますから！　でも成人のお祝いなので！」

いただいた林檎のお酒はしゅわしゅわと軽く発泡していて、甘いのにさっぱりしていて美味《おい》しい。

「ほら、グラスが空《あ》いているぞ」

「良ければ私のも飲んでみますか？」

「いらないです〜」

陛下と閣下が上機嫌で注《つ》いでくる。

「…………姫は水の精霊の加護があったのだな。もしかして生まれつきか？」

「……生まれつきかはわかりません。私、拾われるより前の記憶があんまりはっきりしていないのです」

陛下と閣下は、私の素顔が珍しいのか、気がつくと私の顔を見ている。

「私の顔、おかしいですか？」

「いや、とても可愛らしいぞ…………ナルフィア侯妃《こうひ》に生き写しだ」

「…………お化粧技術ですよ〜。すごいでしょう」

ふふん、と私は胸を張る。

「素顔もとても似ていますよ」

閣下はじいっと私の顔を見て言った。その金色の瞳の奥に何かが揺れている。

「そうですか？　…………私、人の顔を覚えられないので、よくわかりません」

「そうなのか？　でも、俺とエリアスを間違えたりしないじゃないか」

「見分ける方法があるんです。……なんか、ふわふわしてて気持ちがいいんですけど、これって精霊魔法のせいですか？」

「いや、林檎酒のせいじゃないか？」

「私、飲み過ぎ？」

「まだ、たった二杯だぞ？」

「ですよね～」

　私は上機嫌でもう一杯注いでもらった。

「リル、リルは精霊魔法が得意なんですか？　単なる加護というにはすごく大がかりな魔法だったように思いますが………」

「精霊魔法はあんまり使ったことないです～」

　たった三杯で私はすっかり酔ってしまったので、その後陛下と閣下に何かを問われてもうまく答えられなかった。

　ただ、こんなにも思いっきり歌ったのは初めてだったのだと私は繰り返した。

　そのせいで、身体の内側ではいつまでも水の歌が谺《こだま》していて、その夜の眠りはまるで波に揺られるような心地がしていた。

「………なあ、エリアス」

「なんですか」

「……おまえの連れてきたその娘は、何だ？」

「…………」

「皇国の最年少の一位司教…………未来の法皇猊下《げいか》だと、おまえは言ったな」

「ええ。……派遣の際にもらった資料と本人の言葉からも裏をとってある。彼女を調べるのはまったく難しくなかった。皇国において、知らぬ者のない有名な聖女だ。『ラドフィアの申し子』とまで言われる他国にまで鳴り響く『奇蹟』の使い手――皇国の生んだ稀代《きたい》の天才。後にも先にもこの娘ほどの聖職者は……魔術師は生まれないだろうと……」

「そうじゃない。俺が知りたいのは…………それは、本当に身代わりか？」

「……わからない。この娘には孤児として拾われるまでの記憶がないという……。一切の記録がないんだ……」


閣下と陛下が何かを話していることはわかっていたけれど、あまりにも眠《ねむ》かった私は言葉の内容を捉《とら》えることができなかった。

私の傍らにはビビが座っていたから、後でビビに聞けばいいと思ったということもある。


「おやすみなさい、グレーシア…………グレーシア・リルフィア＝ヴィイ＝アルフェリア・フィアリス」

ビビがそっと私の頬に優しい口づけを落とす――でも、ビビの言葉もまた私の耳に届くことはなかった。

「身代わり聖女は、皇帝陛下の求婚にうなづかない」　おわり

あとがき

この本を手に取ってくださってありがとうございます。作者の汐邑雛《しおむらひな》と申します。

今作をはじめとし、王子様とお姫《ひめ》様のお話を好んで書いています。

王侯《おうこう》貴族は名前が長いと思っているので、登場人物に長い名前をつけては自分で覚えられずに苦労しています。なので、今作では主要キャラに覚えやすい愛称《あいしょう》をつけました。

私の中ではヒロインは『グレス』、幽霊《ゆうれい》ヒロインは『ビビ』で、皇帝《こうてい》陛下は『陛下』で閣下は『お義兄様《にいさま》』です。呼び方は幾《いく》つかでてきますが、どうぞお好きな名前で呼んでいただけると嬉《うれ》しいです。


素敵《すてき》なイラストを描《か》いてくださった黒埼《くろさき》先生。キャラ設定をいただいた時、あまりにもグレスが可愛《かわい》らしくて、一人で大はしゃぎしてしまいました。自分の中でぼんやりしていた陛下や閣下のディティールに素晴《すば》らしいイラストをくださってありがとうございます。

また、いつものことではありますが、担当様、校正様、本当にありがとうございました。

そして、本作を読んでくださった皆様《みなさま》、ありがとうございます。

次巻で再びお会いできることを祈《いの》っています。

汐邑　雛

■ご意見、ご感想をお寄せください。
《ファンレターの宛先》
〒102-8177 東京都千代田区富士見2-13-3
株式会社KADOKAWA ビーズログ文庫編集部
汐邑雛 先生・黒埼 先生

B's-LOG BUNKO
ビーズログ文庫

●お問い合わせ
https://www.kadokawa.co.jp/（「お問い合わせ」へお進みください）
※内容によっては、お答えできない場合があります。
※サポートは日本国内のみとさせていただきます。
※Japanese text only

身代《みが》わり聖女《せいじょ》は、皇帝陛下《こうていへいか》の求婚《きゅうこん》にうなづかない

汐邑雛《しおむらひな》

2020年10月15日 初版発行

発行者 青柳昌行
発行 株式会社 KADOKAWA
〒102-8177 東京都千代田区富士見2-13-3
（ナビダイヤル）0570-002-301
デザイン 島田絵里子
印刷所 凸版印刷株式会社
製本所 凸版印刷株式会社

ISBN978-4-04-736254-3 C0193

定価はカバーに表示してあります。
◇◇◇